LE DERNIER

DES

TRENCAVELS,

MÉMOIRES

D'UN TROUBADOUR DU TREIZIÈME SIÈCLE,
traduits de la langue romane,
avec des notes historiques et critiques.

C'est la coutume des romans de mêler plusieurs
mensonges à la vérité, et c'est pourquoi les
auteurs en sont appelés en vieux français
trouveurs.

CATEL, ... *tes de Toulouse,*

PARIS,

TENON, LIBRAIRE-ÉDITEUR,

PLACE ST.-ANDRÉ-DES-ARTS, N. 11.

1834.

LE DERNIER

DES

TRENGAVELS.

3304

II.

Pézenas, de l'Imprimerie de Gabriel Bonnet.

LE DERNIER

DES

TRENCAVELS,

MÉMOIRES

d'un Troubadour du treizième siècle,

TRADUITS DE LA LANGUE ROMANE,

avec des Notes historiques et critiques.

> C'est la coutume des romans de mêler plusieurs men-
> songes à la vérité, et c'est pourquoi les auteurs en sont
> appelés en vieux français *trouveurs.*
>
> CATEL, *Hist. des comtes de Toulouse*, pag. 5l.

TOME DEUXIÈME.

PARIS,

TENON, LIBRAIRE-ÉDITEUR,

PLACE ST.-ANDRÉ-DES-ARTS, N. 11.

1834.

LE DERNIER

DES TRENCAVELS.

LIVRE NEUVIÈME.

Le désappointement des clercs.

L'Église avait parlé; la spoliation de Raymond était prononcée. Le comté de Toulouse se trouvant adjugé à Montfort, les prélats se flattaient que, satisfait de cette riche dépouille, il ne leur disputerait point ces portions de la proie commune qui étaient tombées en leurs mains. L'archevêque de Narbonne, Arnaud, s'était approprié le droit et les domaines du duché; et une jouissance de trois ans en des mains consacrées par l'Église, lui semblait un titre irrévocable. Il avait d'ailleurs exhumé des archives de la ville un acte de donation par lequel le roi Pepin-le-Bref avait cédé aux archevêques la moitié des domaines de la ville et du comté, et qui faisait ainsi remonter ses droits à une époque bien antérieure à la possession jusqu'alors crue légitime des comtes de Toulouse (1).

Mais l'ambition de Montfort ne pouvait se rassasier; il ne consentait point à partager même avec l'Église l'héritage arraché à Raymond par la force des armes; et se prévalant de l'assistance des chevaliers français, arrivés avec le fils de Philippe-Auguste, il s'était rendu maître de Narbonne, puis en avait rasé les murailles.

Arnaud, revenu de Rome, et se croyant plus que jamais duc de Narbonne, ne s'y trouva plus qu'archevêque. Il protesta aussitôt contre l'usurpation de Montfort, fit signifier au comte qu'il eût à lui renouveler l'hommage prescrit par la loi des fiefs, et ordonna aux habitans de reconstruire à leurs frais de nouvelles fortifications.

Aussitôt que Montfort fut informé de ces choses, sa colère s'alluma, et il marcha sur Narbonne avec un corps d'armée; mais en homme prudent, voulant opposer l'Église à elle-même, il fit précéder tous ces actes d'un appel au pape, mettant sous la protection du St.-Siége ses droits, ses domaines et sa personne, et ajournant son rival à comparaître avec lui devant le tribunal suprême aux fêtes de la Pentecôte.

Il s'avança ensuite jusqu'à Lézignan, et Arnaud, qui était allé se délasser de ses fatigues sous les ombrages du monastère de Fonfroide, quitta cette paisible solitude pour venir défendre sa ville démantelée.

N'ayant pu réunir qu'un petit nombre de vassaux, sa principale ressource était dans les anathèmes. Aussitôt qu'il en eut menacé Montfort, tous les prélats de la contrée accoururent empressés d'étouffer dans son germe ce levain de discorde si pernicieux à l'Église, et d'opérer la réconciliation des deux glaives.

Tous ces évêques ne prirent pas parti pour leur confrère, et le remuant Foulques se fit le champion de Montfort, soit qu'il crût à propos plus que jamais de le ménager et de l'encourager, soit qu'il fût dirigé par une inimitié secrète envers Arnaud. Simon poursuivit sa marche, et, en s'approchant de Narbonne, vit arriver à lui l'évêque de Béziers et les archidiacres de Carcassonne et de Rasés, qui lui signifièrent une sentence d'excommunication prononcée par l'archevêque.

En effet, ce prélat, ayant fait assembler tous les habitans aux sons lugubres de la cloche des morts, s'était montré au peuple, revêtu de ses habits pontificaux et entouré de son clergé. Il avait pris en main le cierge fatal, puis l'avait éteint en maudissant et vouant aux peines des damnés Simon de Montfort, usurpateur de domaines de l'Église. Les fauteurs et adhérens de Simon étaient compris dans cet anathème, qui défendait sous les mêmes peines à toute personne de communiquer avec lui ou les siens. Le service divin était interdit dans les lieux où ce guerrier maudit de Dieu parviendrait à s'introduire.

Cette cérémonie faite dans la cathédrale, qui n'avait pu recevoir la foule des habitans, fut renouvelée sur la place publique.

L'archevêque vint ensuite avec ses clercs se placer à l'entrée du faubourg dont il voulut faire fermer les portes, aussitôt qu'apparurent les premiers cavaliers de Montfort.

Mais ceux-ci ne voyant devant eux qu'une foule mal armée, précédée de quelques prêtres, se précipitèrent sur elle avant que les portes fussent fermées, dispersèrent les Narbonnais effarés, et en foulèrent plusieurs sous les pieds de leurs chevaux ; quelques prêtres furent renversés, les autres prirent la fuite, et laissèrent dans la

boue la croix et la crosse de l'archevêque.
Celui-ci froissé par la foule, et ayant ses
habits déchirés, se retira la rage dans le
cœur, criant et renouvelant ses anathèmes
dont le bruit se perdait parmi tant d'autres
clameurs.

L'excommunié Simon entra triomphant
dans la ville, affectant un maintien pieux
et faisant de fréquens signes de croix. Il
voulut qu'on arborât avec son drapeau celui
où étaient empreintes les clefs de St.-Pierre,
et se fit rendre un nouvel hommage par le
vicomte.

Les prélats des deux partis espéraient
du moins qu'il respecterait l'interdit jeté
sur les églises de la ville par son archevêque. Quelques-uns lui rappelaient à ce sujet
le zèle qu'il avait toujours montré pour le
soutien des droits légitimes de l'épiscopat
et la police ecclésiastique. « L'interdit, »
leur dit Simon, « ne peut m'atteindre non
plus que la censure; hors d'ici je n'ai de
juge qu'à Rome, et ici mon seul juge est
mon épée. »

Il ordonna aussitôt que toutes les cloches de la ville fussent mises en mouvement pour honorer l'entrée du légitime seigneur et duc, et pour saluer le drapeau de St.-Pierre. Il voulut que son chapelain célébrât en sa présence le service divin dans la chapelle du château.

Ce qui fut dit, fut fait ; les cloches sonnèrent, et leurs sons éclatans retentirent dans les oreilles attristées de l'archevêque. Ce prélat voyait des fenêtres de son palais les chevaliers de Simon défiler joyeux et goguenards vers le château où les attendait le chapelain, pour célébrer le service de l'autel.

Pendant que ces profanateurs étaient prosternés dans le saint lieu qui était interdit, Arnaud renouvelait contre eux ses anathèmes dans le vestibule de son palais où il était assisté de plusieurs évêques (2).

Les chevaliers français revinrent de la chapelle plus arrogans que jamais ; et, pour tout fruit de leurs prières, ils assaillirent à coups de cailloux les fenêtres du palais où l'archevêque se tenait soigneusement renfermé. Ils pillèrent ensuite les étaux de la ville, et la leude qui appartenait au prélat; et, l'abandonnant à ses regrets au milieu de ses propriétés dévastées, ils reprirent avec Simon le chemin de Carcassonne.

Arnaud, déplorant sa faiblesse et maudissant l'usurpateur, fit aussitôt entendre à Rome son cri de douleur et de désespoir.

Innocent III était alors préoccupé des soins que lui donnait la réconciliation projetée des Pisans, des Génois et des Lombards. Il avait accueilli peu favorablement l'appel signifié par Montfort, et sa prétention au duché de Narbonne; mais dès qu'il eut donné audience à l'envoyé de l'archevêque, et pris connaissance des actes violens et injurieux de ce prétendu soldat de Jésus-Christ, son indignation dépassa sa surprise. « L'Église, » s'écria-t-il, « ne peut donc se fier à aucun de ces hommes de fer, qui ne la caressent que pour en faire un instrument de leurs vues ambitieuses. Triste avantage que celui d'avoir à dé-

pouiller des ennemis ou des indifférens
pour enrichir des ingrats et des parjures !
Voilà ce que j'avais prévu et ce que j'aurais
voulu éviter en empêchant la spoliation
entière du comte de Toulouse. Ces prélats
d'Occitanie, à courte vue, m'ont obsédé de
leurs instances, et ont obtenu enfin ce fatal
consentement, qu'ils doivent moins à ma
conviction qu'à l'affaiblissement de mes organes. Mon Dieu ! n'ai-je gouverné votre
Eglise avec tant de gloire et de succès pendant dix-huit ans, que pour être témoin de
sa décadence, quand les forces viennent à me
manquer ? ou bien cette vieillesse précoce
qui m'assiège est-elle un bienfait de votre
Providence qui voudrait m'épargner la vue
d'un spectacle aussi affligeant? Seigneur, que
votre volonté soit faite ! »

La requête de l'archevêque fut ensuite
déposée à la chancellerie, où il résulta des
recherches des archivistes, ainsi que des
consultations des jurisconsultes pontificaux,
que Simon n'avait aucun droit au duché de
Narbonne, et qu'il en était le vassal; que le

bourg et la moitié de la cité appartenaient à l'archevêque, ou peut-être à l'Eglise, avant l'érection du duché ; et que l'autre moitié lui appartenait aussi probablement à cause de ce même duché.

Le St.-Père ordonna de préparer un bref dont la teneur serait conforme à cette décision, pour être expédié au cardinal Bertrand, alors légat en Provence, lequel serait investi de pleins pouvoirs pour terminer ce différent (3).

Mais la vie d'Innocent touchait à son terme. Les soucis le dévoraient. Les immenses conquêtes qu'il avait faites pour le St.-Siége lui semblaient mal assurées. Il ne pouvait suffire à posséder tant de pouvoirs, et en voyait chaque jour quelques parcelles s'échapper de ses mains trop étroites. Un évènement qui n'était point imprévu vint mettre le comble à sa douleur et à son désappointement.

Le légat Galon lui écrivit d'Angleterre que le fils du roi des Français, appelé par les seigneurs et le peuple d'Angleterre à

occuper le trône de Jean, se refusait à reconnaître le droit de suzeraineté du St.-
Siége, établi seulement depuis quelques
années, et la plus belle conquête du pontificat d'Innocent III.

Cette nouvelle rendit au St.-Père toute
son activité, ou plutôt redoubla la fièvre
dont il était déjà consumé. Il convoqua
aussitôt le clergé et le peuple dans l'église
de Latran, monta en chaire, et prenant
pour texte de son sermon ces paroles du
prophète Ézéchiel : « Glaive ! glaive ! sors du
fourreau, et aiguise-toi pour tuer (4), » il
prononça l'anathème contre le fils de Philippe-Auguste et contre tous ses fauteurs
et adhérens, complices de la spoliation du
roi des Anglais.

Puis, retiré dans son palais et entouré
de ses secrétaires, il se mit à leur dicter
une sentence semblable contre le roi Philippe lui-même, et des instructions à tous
les prélats de France, où il leur était en-
joint expressément de rétablir l'interdit
sur tout le royaume, et où se trouvaient

prescrites toutes les mesures qui avaient eu
tant de succès pendant les premières années
de son pontificat, au sujet de la répudia-
tion sacrilége de la reine Ingelburge (5).

Ce travail se prolongea bien avant dans
la nuit, et lorsque le sommeil vint surprendre les yeux fatigués et abaisser les
paupières du pontife, l'ardeur de ses pensées n'en fut pas éteinte ; elle se produisit
sous des formes nouvelles dans les songes
dont le torrent s'écoulait sans interruption.

Il lui semblait voir auprès de lui l'évêque de Toulouse, Foulques, dont les entretiens s'étaient gravés dans sa mémoire ;
il avait mandé ce prélat pour s'aider de
ses conseils, et plus encore pour l'isoler de
Montfort, que la partialité de Foulques en-
courageait dans ses audacieuses prétentions.

« Foulques, » lui disait-il, « le temps est
venu de mettre en œuvre les moyens de
salut que votre sagacité nous a fait dé-
couvrir. Pendant que François d'Assise
et Dominique poursuivront le cours de
leurs conquêtes sur les hommes du peu-

ple et la bourgeoisie, c'est à vous que je
confie le soin d'envelopper dans les filets
de la parole et de la persuasion les hommes de science et les grands de la terre.

Vous avez été célèbre parmi les trouveurs. Faites-vous maintenant leur chef
et attachez au service de l'Église ceux que
leurs talens rendent dignes d'être appelés
à un nouvel apostolat.

Je prescrirai au bonhomme François
de vous céder son vicaire, le frère Pacifique, dont la renommée a été non moins
populaire en Allemagne que la vôtre en
Occitanie. Ralliez à la sainte cause de l'Évangile tous ces chantres des gloires mondaines et des plaisirs profanes. Qu'ils secouent
de leurs pieds la poussière des châteaux
et des palais, pour venir s'asseoir au rang
des instituteurs du genre humain. Qu'ils
deviennent les conseillers et les pédagogues
des princes, au lieu de jouer auprès d'eux
le rôle ignoble de bouffons et de complai-
sans. Science, littérature, poésie, musique,
ramenons tout à la religion, et ne faisons

qu'un faisceau de toutes ces gloires de l'esprit humain, pour servir de trophée au Dieu de vérité. Que tous les moyens propres à élever l'homme au-dessus de ses semblables prennent leurs racines dans le ciel, et reçoivent leur direction du St.-Siége ; que ce pouvoir soit destiné à être le dispensateur des biens terrestres, comme il l'est déjà des biens à venir. Les récompenses, les honneurs, les richesses, ne manqueront pas à ceux qui voudront se dévouer à cette noble entreprise. Le choix de nos missionnaires est déjà fait par la Providence. Chaque peuple a ses poètes et ses savans ; il ne s'agit plus que de les enrôler de s'en faire une puissance en les fortifiant eux-mêmes par les moyens de l'association, et par la sanction de l'Église. Qu'ils reçoivent de nous la mission d'enseigner les peuples et de diriger la conscience des princes. Les peuples béniront des leçons d'obéissance embellies par le charme de la persuasion, et les princes, pénétrés de l'esprit et de la crainte de

Dieu, ne balanceront plus à soumettre leurs querelles à l'arbitrage suprême du vicaire de Jésus-Christ. Vous, Foulques, soyez le chef de cette milice spirituelle ; qu'elle vous obéisse sans réserve comme à son général, et vous-même soyez l'instrument fidèle et docile de la volonté du St.-Siége.

« Laissez aux moines de St.-Benoît et de Citeaux l'habitation des campagnes ; établissez-vous dans les villes, fondez des écoles, élevez des chaires, supplantez les universités naissantes, afin que chacun puisse dire de vous comme notre Sauveur aux apôtres : Vous êtes le sel de la terre et la lumière du monde. »

A la suite de ce discours, l'imagination du pontife lui montrait l'Europe tout émue des conversions des trouveurs, des ménestrels, des controversistes, écoutant d'une oreille avide ces prédications nouvelles et se soumettant aux conseils des hommes inspirés ; les princes d'abord stupéfaits suspendant leurs expéditions guerrières, puis rendus dociles à la voix du père des

fidèles, déposant les armes, et cherchant dans
les bienfaits de la paix de nouvelles sour-
ces de gloire et de prospérité. Il voyait
l'Angleterre redemander à mains jointes
cette suzeraineté du St.-Siége, protectrice
des droits du peuple contre le caprice des
princes, et des droits du prince contre la
mutinerie des peuples. La France imitait
cet exemple tardivement, et précédée par
l'Occitanie, que le St.-Siége avait rendue
à ses anciens maîtres, en les faisant ses
vassaux, après la mort de Simon, frappé
d'un coup de foudre.

Les regards d'Innocent se portaient ensuite vers l'Espagne, où les rois chrétiens,
éclairés et dirigés par les nouveaux missionnaires, remettaient au St.-Siége le jugement
de tous leurs démêlés, et confiaient à ses dé-
légués le pouvoir impérial sur leurs armées
réunies contre les Maures, dont la présence
souille encore la moitié de cette péninsule.

Puis des larmes de joie se répandaient
sur ses joues flétries en voyant ces farouches seigneurs allemands s'amollir, se dé-

tacher lentement de leurs habitudes guerrières, et renonçant à leurs dissentions
sanglantes, prendre en commun la résolution de déférer au St.-Siége le choix de
leur empereur, ainsi que l'arbitrage sou-
verain de toutes leurs querelles.

Enfin, il vit en Orient les prosélytes de
Foulques propager leurs doctrines dans
l'empire grec, confondre ou convertir les
plus obstinés schismatiques, s'introduire
dans les conseils de l'empereur Henri, et
servir de tuteurs au jeune roi de Thessa-
lonique (6).

Celui de Jérusalem, entouré d'amis in-
fidèles, réclamait des secours; et une croisade mieux concertée que les précédentes
allait réunir tout ce que l'Europe pacifiée
avait de meilleurs soldats, sous la conduite
unique et souverai. e d'un guerrier légat
du St.-Siége.

Ce sommeil laborieux du pontife était à
peine terminé, qu'il fit appeler auprès de
lui ses secrétaires pour continuer le travail de la veille. Déjà ils étaient réunis,

1.

tenant la plume en main, et l'auguste malade prenait la parole, quand un mal subit vint l'interrompre, et fit cesser tout d'un coup ses mouvemens fébriles ; sa tête se pencha sur sa poitrine, ses yeux se fermèrent, ses membres devinrent immobiles les serviteurs du palais accoururent avec les médecins, mais les ressorts de la vie étaient usés et détendus. La pensée mourante d'Innocent fit encore un effort avant de s'éteindre ; on l'entendit nommer Foulques, Dominique, François, puis dire en rendant le dernier soupir : « Tout est consommé. »

Ainsi mourut Innocent III, et avec lui s'évanouirent tous les plans de suprématie et de domination pontificale, dont il ne resta plus à ses successeurs que des desirs vagues et mal conçus.

Ce fut envain qu'on se hâta de le remplacer, et qu'en moins de vingt-quatre heures Honorius lui fut substitué.

Le trône de St. Pierre ne parut bientôt plus occupé que par une ombre. Le tor-

ı rent des passions politiques, n'étant plus
ɔ détourné ni retenu par cette main puis-
ɛ sante, se signala par de nouveaux débor-
ɔ démens.

L'Angleterre acheva de s'affranchir ; les
ɛ armes de l'interdit s'émoussèrent en France,
ı la croisade d'Occitanie tomba en langueur,
ı et la hardiesse sacrilége de Montfort devint plus opiniâtre. Les seigneurs du pays
de Rome et des contrées voisines, qu'Innocent avait su maintenir obéissans et res-
pectueux, rentrèrent dans les habitudes
d'indépendance et recommencèrent leur vie
d'expéditions et de pillages. Le successeur de
celui qui avait dicté ses ordres à tous les
rois de l'Europe, avait peine à se préserver des insultes de quelques chefs de
brigands italiens.

~~~~~~

LIVRE DIXIÈME.

Suite et fin de la Chronique.

Simon n'ayant plus rien à craindre d'Innocent, ne songea plus qu'à se donner des garanties dans l'ordre politique ou temporel. Il se rendit à Paris, et fut admis à prêter foi et hommage au roi Philippe, pour le comté de Toulouse et même pour le duché de Narbonne.

Cependant les peuples, les chevaliers et les barons provençaux, avaient accueilli avec transport le jeune Raymond et son père. Les hommes de guerre du pays, se réunirent dans le comtat venaissin, et y formèrent bientôt une armée considérable, dont le nouveau marquis prit le commandement.

Son père partit alors pour l'Aragon, espérant d'obtenir de son beau-frère des renforts assez puissans pour le faire rentrer dans Toulouse.

L'occasion était déjà favorable. Les essaims de croisés devenaient de plus en plus rares, depuis que le concile de Latran semblait avoir mis un terme à la croisade. D'autre part, les conquérans de l'Occitanie rassurés par les décrets du concile, ne songeaient plus qu'à se délasser dans la jouissance du fruit de leurs rapines, sans trop s'inquiéter de l'avenir.

Simon, revenu de Paris, vint attaquer les Provençaux qui occupaient la ville de Beaucaire et en assiégeaient le château. Les prodiges de valeur dont il avait donné l'exemple, furent imités et surpassés par le jeune Raymond, à peine âgé de 19 ans. La victoire demeura à ce dernier; et il parvint à se rendre maître du château. Simon eut la douleur de voir pendre aux crénaux de la ville l'un de ses plus chers chevaliers, que les Provençaux avaient fait prisonnier dans une sortie (1).

Simon se retira rugissant de colère, et marcha sur Toulouse; tous les habitans qu'il méditait de dépouiller de leurs biens, étaient accusés par ses agens, de complicité avec ses ennemis. Il envoya d'abord en avant quelques cavaliers pour prendre possession des postes fortifiés; mais les Toulousains alarmés et irrités des procédés hautains de cette soldatesque peu nombreuse, s'en rendirent maîtres et la désarmèrent.

Montfort fit alors avancer sur Toulouse toute son armée. L'évêque Foulques l'exhortait à tirer une vengeance éclatante de cette ville rebelle dont il était l'indigne pasteur. Le frère de Simon intercedait au contraire en faveur de ces bourgeois revêches qu'il croyait utile de conserver, afin de puiser dans leurs bourses assez de deniers, pour recommencer la guerre en Provence.

Simon était en possession du comté de Toulouse, et en occupait le château, où sa femme Alix était installée ; mais la cité, la commune toulousaine était encore sur pied. Cette petite république avait ses magistrats, ses chevaliers, ses soldats, ses tours fortifiées. Elle était assujettie à certaines obligations féodales ; mais se taxait et se gouvernait elle-même (2).

Les Capitouls envoyèrent des députés à leur comte pour calmer son irritation, et lui représenter que la ville n'était point son ennemie, mais une vassale fidèle et obéissante dans la limite de ses devoirs. Les députés devaient lui expliquer comment ses cavaliers avaient mérité d'être désarmés pour avoir violé les droits et franchises de la ville.

Simon leur répondit sèchement qu'il saurait bien se faire justice par lui-même, et que ses troupes allaient occuper la ville, si on ne lui livrait sur le champ en ôtages les principaux citoyens qu'il leur désigna..

Les députés n'ayant pas des pouvoirs suffisans pour accepter ces conditions, il les fit arrêter eux-mêmes et charger de fers.

Les Toulousains informés de cet indigne traitement, prirent aussitôt la résolution désespérée de se défendre et de s'ensevelir sous leurs murailles. Ils s'armèrent, barricadèrent les rues, palissadèrent les places publiques et les approches des tours fortifiées.

Montfort allait donner le signal de l'attaque, lorsque Foulques le retint. « Vous allez, » lui dit-il, « engager un combat inégal et désastreux, où il suffira des femmes et des enfans pour écraser vos soldats du haut de leurs fenêtres ; Quand la bravoure ne peut rien, il faut employer l'artifice et la ruse. Vous aurez bon marché des Toulousains si on peut les attirer hors de leurs murailles, et j'ose me flatter d'y réussir. Laissez-moi le soin de vous livrer ces brebis égarées. »

Foulques prit avec lui une escorte d'hommes choisis, et se fit suivre à quelque distance par un corps plus nombreux, auquel il fut prescrit de se tenir aux aguets sous la protection du château narbonnais. Il se dirigea vers la porte St.-Étienne qui lui fut ouverte, dès qu'il eut annoncé qu'il était porteur de paroles de paix et de conciliation. Le prélat négociateur fut accueilli par les acclamations du peuple et par des actions de grâce, qui se transmirent de rue en rue dans toute la ville. Il fit convoquer les Toulousains au son des cloches dans la vaste nef de la cathédrale; et là, étant monté en chaire, il déplora les erreurs qui maintenaient en défiance et inimitié un peuple et un seigneur faits pour s'estimer et s'aimer. Il se fit garant des bonnes intentions de Montfort, et assura son auditoire que si des otages avaient été demandés , c'était uniquement pour éloigner de Toulouse quelques hommes ennemis de son repos et prodigues de mauvais conseils. Il acheva en exhortant ses auditeurs non plus à envoyer des députés, mais à venir en foule au camp de Montfort, auprès duquel lui-même serait leur interprète, bien assuré qu'il était d'obtenir du comte la délivrance des députés, et le maintien de tous les droits et priviléges de la bonne ville.

Cette proposition fut applaudie. L'espérance et la joie éclatèrent de toutes parts , et les doutes qu'exprimaient quelques-uns furent accueillis par des murmures. On se hâta de suivre les pas de l'évêque revenant au camp. Les hommes de son cortége qui étaient venus dans la ville se dirigèrent vers le château narbonnais, et , s'étant fait ouvrir la porte qui en était voisine, se joignirent à leurs camarades, embusqués. Tous ensemble entrèrent dans la ville par cette même porte, sans éprouver aucune résistance.

L'évêque était déjà arrivé au camp à la tête d'une file de Toulousains, qui s'étendait tout le long du chemin jusqu'aux portes de St.-Étienne et de Montoulieu, lorsque des clameurs sinistres se firent entendre et suspendirent la marche des plus empressés. Les soldats de Montfort qui s'étaient introduits dans Toulouse, en commençaient le pillage; mais ils eurent bientôt à combattre ceux des habitans, qui, ajoutant peu de foi aux promesses de l'évêque, s'étaient préparés à repousser une trahison qu'ils soupçonnaient. Le brave Aimeric était à leur tête. Il se jeta sur les soldats que la passion du pillage, tenait éparpillés. Plusieurs furent égorgés, et les autres ramenés au poste d'où ils étaient partis, et où ils se trouvèrent protégés par le château.

Aussitôt que Montfort se fut aperçu de l'hésitation des Toulousains qui venaient à lui, il fit saisir tous ceux qui étaient arrivés au camp, et courir après les autres, qui, désespérés et criant à la trahison, s'empressaient en toute hâte de rentrer dans leurs murailles. Bientôt toutes les cloches de la ville donnèrent le signal lugubre d'un combat où chacun devait prendre part.

L'armée de Simon toute entière se jeta sur la ville. Plusieurs portes furent forcées, et partout où les croisés purent pénétrer, leur présence fut signalée par un incendie. Bientôt la nuit survint, et, à la lueur des maisons brûlantes, les incendiaires s'avancèrent jusqu'aux approches du capitole.

Les Toulousains s'étaient ralliés sur ce point central. Ils occupaient la place principale ainsi que les rues adjacentes ; et se précipitèrent par toutes les issues sur les soldats de Simon, qui d'autre part étaient assaillis du haut des maisons par une grêle de pierres, de vieux meubles, d'eau et d'huile bouillante. Les croisés furent obligés de reculer, laissant les rues jonchées de cadavres que foulaient sous leurs pieds les bourgeois furieux. La retraite s'opéra jusqu'à la place de St.-Étienne, qu'un dernier effort des Toulousains fit aussi évacuer. Montfort et les siens se réfugièrent dans la cathédrale et le palais épiscopal, où les laissèrent les habitans occupés à sauver les restes de leurs maisons flamboyantes.

Simon se fit amener les nombreux prisonniers qui étaient en son pouvoir, et leur intima qu'ils seraient décapités, si les Toulousains n'avaient fait leur soumission avant que le soleil du lendemain eût marqué l'heure de midi.

L'évêque Foulques prévint cette mesure violente et insensée, et ne désespéra point de désarmer encore les Toulousains par un nouvel artifice.

Aux premiers rayons de l'aurore il sortit du palais, n'ayant pour escorte que quelques prêtres, et dit aux citoyens rassemblés sur la place de St.-Étienne : « Nous venons vous sauver ou mourir avec vous; nos prières et la voix de Dieu ont enfin fléchi la colère du comte. C'est lui maintenant qui vous offre des otages, et nous nous remettons en votre pouvoir pour servir de garans à la fidélité de ses engagemens. »

Ce langage pacifique produisit son effet, et les Toulousains se mettant à la suite du prélat, parcouraient avec lui les rues et demandaient à grands cris que le conseil de la cité fût convoqué.

Le conseil s'assembla, et la parole artificieuse de Foulques se fit entendre au milieu de ces hommes, plus disposés à délibérer qu'à combattre, quoique irrités et indignés. Leur résolution était abattue par la fatigue et le peu d'espoir qui leur restait.

« Il n'y a point, » leur disait Foulques, « de guerre plus extravagante que celle qui n'a point d'objet, et qui repose sur un malentendu. Vous ne refusez pas votre hommage et votre allégeance au comte, et le comte ne prétend pas autre chose de vous. D'où vient donc cet acharnement à se battre et à se détruire? Vous vous méfiez avec raison de l'introduction de tant d'hommes armés. Mais d'autre part le comte ne peut ignorer que plusieurs d'entre vous sont ses ennemis déclarés, et il suit les règles de la prudence en cherchant à se préserver de leur mauvais vouloir.

« Voici donc ce que nous proposons : Les troupes de Simon demeureront hors des murs, et le comte lui-même, avec ses barons et ses chevaliers pour toute escorte, se rendra dans ce capitole, pour y recevoir l'hommage des magistrats, sous la seule condition que les habitans y auront au préalable déposé leurs armes et consenti à l'occupation de leurs tours fortifiées. A ce prix, la paix sera conclue et garantie par la délivrance de tous les prisonniers. »

Cette proposition obtint l'assentiment des plus faciles, qui étaient en grand nombre, et Foulques, voyant que plusieurs, moins confians, se disposaient à le contredire, se hâta de les prévenir. « Le comte, » dit-il, « ne se dissimule pas qu'il y a parmi vous des hommes qui ne peuvent se résoudre à vivre sous sa domination, et pour que leur inimitié incurable n'entraîne pas la ruine de leurs concitoyens, il consent à leur délivrer des sauf-conduits pour se retirer où bon leur semblera. Je dis plus, il y a des chevaliers dans l'enceinte de vos murailles dont il serait charmé de ne point rencontrer le visage. »

Une voix sonore se fit aussitôt entendre dans la foule. « Ceci me regarde personnellement, » s'écria Aimeric, « et puisque la voix du renard prévaut dans ce conseil, je n'irai point avec mes crédules concitoyens me jeter dans les griffes du lion. Que ceux qui veulent demeurer libres, et se conserver pour un meilleur temps, imitent mon exemple et me suivent; nos épées seront un meilleur sauf-conduit que les promesses de ces serpens. »

Aimeric se retira, et fut suivi par un assez grand nombre d'hommes déterminés qui quittèrent avec lui les murs de Toulouse.

Leur retraite laissa le champ libre à Foulques, et il eut peu de peine à faire adopter au conseil toutes les mesures qui devaient livrer Toulouse sans défense à la discrétion de son tyran. L'évêque revint auprès de Montfort, qui prépara toutes les mesures d'après ses conseils, et se rendit avec lui et son cortége au capitole, où étaient déjà déposées toutes les armes des Toulousains. Il envoya quelques-uns de ses chevaliers prendre possession des tours les plus importantes, et, à un signal donné, les troupes sorties du château, de la cathédrale et de l'évêché, se rendirent maîtresses des quartiers adjacens, puis de la ville toute entière. Les Capitouls et les principaux habitans furent chargés de fers, et les ordres d'un pillage universel allaient être donnés, quand la fureur vindicative de Simon et de l'évêque fut vaincue par les conseils de l'avarice que fit prévaloir Guy de Montfort (3).

Les besoins de la guerre de Provence déterminèrent Simon à accorder aux Toulousains leur rachat moyennant la somme de 30,000 marcs d'argent. Cette contribution exorbitante leur fut extorquée par des violences inouies. Les habitans déçus et trahis se trouvèrent dépossédés de tout ce qu'ils avaient en meubles ou en argent. Il ne leur resta plus qu'une indignation concentrée et des bras pour se venger.

Simon, muni des trésors arrachés à Toulouse, alla renouveler la guerre aux bords
du Rhône, et se rendit maître en peu de
temps de tout le pays de la rive droite de
ce fleuve, à l'exception de Beaucaire et de
St.-Gilles; puis il passa sur la rive gauche,
fit plusieurs conquêtes dans le Valentinois,
et menaçait de nouveau la Provence, lorsqu'il fut informé, comme par un coup de
foudre, que les Toulousains étaient en
pleine révolte, et avaient reçu dans leurs
murs leur ancien comte dépossédé.

Raymond avait traversé les Pyrénées,
suivi d'Aragonais et de Catalans; les comtes
de Paillas et de Comminges se joignirent à
lui, et le comte de Foix, qui avait tant
d'injures à venger, lui envoya son fils. Les
troupes que Simon avait laissées sur la
rive gauche de la Garonne furent disper-
sées; et Raymond, ayant traversé ce fleuve
dans un gué au-dessus de Toulouse, y entra
précédé du brave et fidèle Aimeric. Les habitans le reçurent avec transport, et ne

songèrent plus qu'à relever leurs murailles. Les partisans de Simon prirent la fuite.

J'étais entré dans ma dix-huitième année, et me trouvais au nombre de ceux qui vinrent opérer la délivrance de Toulouse, sous la conduite du jeune comte de Foix.

Avant de me conduire à l'armée, mon père m'avait dit : « Voici le temps où va commencer pour toi le labeur de la vie ; notre prince s'est enfin résolu à reprendre les armes. Désormais il n'y a plus pour nous de salut que dans la résistance et la victoire.

« Depuis huit ans nos belles contrées de l'Occitanie sont livrées en proie à tous les fléaux de la guerre. Nous, et ces nouveaux venus du pays de France, ne pouvons vivre ensemble sur la même terre. Il faut qu'elle soit promptement changée en un tombeau pour les uns ou pour les autres.

« Ne t'alarme point de cette fatale nécessité où nous sommes de combattre contre Rome et ses ministres ; ce sont eux qui violent la sainte religion de l'Évangile. La con-

voitise les possède, et ils veulent se faire
une proie de nos domaines. En leur ré-
sistant, nous sommes dans notre devoir et
notre droit. Il se trouve malheureusement
dans nos rangs des hommes que l'esprit de
vengeance et l'emportement des passions
ont jetés dans des voies extrêmes. Les uns
se sont séparés de l'Église par leurs doctrines, et les autres se glorifient d'en être
les exterminateurs.

« Ainsi le mal est à son comble ; l'injus-
tice est partout ; et nous avons à nous défendre à la fois de nos amis et de nos ennemis, de ceux qui veulent briser nos autels,
et de ceux qui veulent nous immoler sur
les autels.

« Notre prince avait su mieux que personne naviguer entre ces deux écueils. Il
cède maintenant à la nécessité. Secondons
ses efforts, et mettons notre confiance dans
les conseils de sa sagesse. Lui seul peut nous
préserver à la fois des bûchers de la croisade et de la frénésie des routiers.

« Demeurons fidèles à notre foi comme à

votre prince ; ne faisons pas cette injure à l'Église de lui attribuer le tort de ses minis- tres : c'est combattre pour elle que de lutter contre ceux qui veulent en faire un ins- trument de rapine et de destruction. »

Ces sages et nobles paroles se gravèrent dans ma mémoire ; elles ont servi de règle à ma vie toute entière.

Après notre entrée à Toulouse, le comte de Foix s'était chargé de la garde du fau- bourg qui est sur la rive gauche de la Ga- ronne. Les troupes de Montfort ne tardè- rent point à nous environner. Aussitôt que ce guerrier fut arrivé, il prit le parti de passer lui-même la rivière, et de diriger contre nous sa principale attaque.

A peine se fut-il approché, que les por- tes s'ouvrirent, et vomirent sur son armée une nuée de chevaliers et de soldats qui l'enfoncèrent, la mirent en déroute et la poursuivirent jusqu'à Muret, où elle repassa la Garonne. Simon qui, placé à l'arrière- garde, protégeait la retraite des siens, ar- riva le dernier aux bords de la rivière.

La nacelle où il fut reçu pour passer à l'autre rive était déjà pleine de fuyards qui se serrèrent pour recevoir leur chef.

Le trajet était presque achevé, lorsqu'un coup d'aviron donné mal à propos fit entrer l'eau dans cette frêle embarcation, qui fut aussitôt submergée. Quelques soldats armés à la légère se sauvèrent à la nage, et d'autres se dévouèrent au salut de leur chef, qui, revêtu de sa pesante armure, était tombé au fond de la rivière et y demeurait immobile. On le retira avec peine et à demi mort de dessous les eaux. Ayant été déposé sur le rivage, il reprit ses sens peu à peu, et parut surpris de se retrouver au milieu des siens (4).

Dans le désordre où cet accident jeta ses esprits, des pensées sinistres l'avaient assailli et demeuraient empreintes dans sa mémoire. Il s'était figuré être devenu le prisonnier de Raymond, et avait entendu la trompette de l'ange de la mort sonner son heure fatale. Cette dernière annonce ne fut point trompeuse, mais il était réservé à Simon de mourir libré et de la mort des guerriers.

Le fatal pressentiment d'une mort prochaine n'abandonna plus ce guerrier. Il repassait dans sa mémoire les fatigues de ses neuf dernières années. Il déplorait amèrement la vanité des entreprises humaines et des gloires de ce monde. A ses regrets se joignaient quelques remords moins sur les injures faites aux anciennes maisons de Toulouse et de Carcassonne, qu'au sujet des altercations avec l'archevêque de Narbonne. Dans sa dévotion étroite il semblait craindre la justice du clergé plus que celle de Dieu même.

Il fit venir auprès de lui l'évêque Foulques pour recevoir sa confession, espérant obtenir de lui des consolations et des conseils. Foulques le rassura, mit sa conscience à l'aise, en exaltant tout ce qui lui avait fait mériter le titre glorieux d'épée de l'Église. Il se fit garant au nom de Dieu que les ennemis du défenseur de la foi seraient exterminés, avant qu'il échangeât cette vie laborieuse contre les joies célestes.

Ces paroles remirent le calme dans l'esprit de Montfort et avec l'espérance il sentit se ranimer en lui l'ardeur des combats. En reconnaissance de ce bienfait, il fit don à l'évêque de la seigneurie de Verfeil avec ses dépendances (5), sous la seule condition de lui fournir un homme d'armes en cas de guerre.

« J'espère, » dit-il à Foulques, » et d'après vos paroles, que cette donation ne sera point un acte testamentaire. »

Le siége de Toulouse ne fut point interrompu par l'échec qu'avait essuyé Simon ; il se prolongea dans l'automne et l'hiver qui se succédèrent sans aucun succès notable, ni de la part des croisés qui attaquaient les murs de la ville, ni de la part des Toulousains qui cherchaient à reprendre le château narbonnais, dont la belliqueuse épouse de Simon dirigeait la défense.

Pendant ce temps, Foulques était allé quêter de nouveaux renforts en Rouergue

et en Auvergne. L'évêque de Rodez, sti-
mulé par ses reproches et ses exhortations,
amena au camp de Montfort ses chevaliers
et ses vassaux. Le pape Honorius multi-
pliait ses légats, adressait à tous les seigneurs des ordres ou des menaces, et s'ef-
forçait surtout de paralyser les efforts du
jeune Raymond en faveur de son père.

Quand les mois d'hiver furent écoulés,
Simon vit avec inquiétude que le parti de
Raymond s'était beaucoup plus accru que
le sien et qu'il était menacé d'une attaque
de la part des Provençaux. Il fit construire de nouvelles machines pour ouvrir
une brèche, et rendre les murailles acces-
sibles à l'assaut général qu'il projetait de
donner, avant l'arrivée du jeune Raymond.

Cependant le légat du pape, homme vain
et sans expérience, lui reprochait sa lenteur, et le harcelait de ses importunités ;
l'impatience de Simon était aussi exaltée
par les pressentimens qui poursuivaient
de nouveau sa pensée. « O mon Dieu ! » s'é-
criait-il, « délivrez-moi de ce monde plutôt

4.

que de me laisser en proie aux insultes de
vos ennemis et à la présomption ignorante
de vos ministres. »

Lorsqu'il eut fait ses dispositions pour la
prochaine attaque, en donnant ses instructions à son fils Amalric, quelques larmes
involontaires s'échappèrent de ses yeux.
« Je ne sais, » dit-il, en les essuyant, « quel
sort nous est réservé dans la journée de
demain ; mais, s'il plaît à Dieu que le terme
de ma vie soit arrivé, je te recommande
de faire porter mon corps dans la sépulture de nos pères, et qu'il ne soit point
enseveli dans cette fatale terre d'Occitanie. »

Simon passa une partie de la nuit en
prières ; et, ayant fait célébrer la messe au
point du jour, il s'y rendit le premier.
A peine s'était-il agenouillé, lorsqu'on
vint l'informer qu'un grand mouvement
s'opérait dans la ville, et que les habitans se préparaient à faire une sortie. « J'ai
donné mes ordres, » dit-il, « et ne veux marcher moi-même à l'ennemi qu'après avoir
vu mon rédempteur. » Quand le prêtre eut

levé la sainte hostie, il partit en récitant le pseaume *nunc dimittis*. Sa présence était devenue nécessaire pour rétablir un combat où les siens mollissaient, et pour leur faire regagner le terrain qu'ils avaient perdu. Les assiégés furent repoussés dans l'enceinte de leurs murailles; mais aussitôt que les troupes de Simon en approchèrent, elles furent assaillies d'une grêle de pierres et de traits lancés par les machines établies sur les remparts. Les soldats se trouvaient mal défendus par les claies dont ils couvraient leurs têtes. Simon qui animait les siens du geste et de la voix fut atteint d'une pierre qui lui brisa la tête, et reçut en même temps cinq flèches dans le corps. Le bruit se répandit qu'une femme avait dirigé le jet (6) de la baliste dont le coup avait tué Simon, et qu'elle se glorifiait d'avoir, nouvelle Ève, écrasé la tête de ce serpent.

Le fils aîné de Montfort, Amalric, essaya en vain de venger la mort de son père en incendiant nos portes; les bûchers qu'il

avait allumés furent éteints, et les incendiaires taillés en pièces. Toulouse se trouva
enfin délivrée de l'odieuse présence des
croisés qui se replièrent sur Carcassonne,
emportant le corps de Simon, et ajournant leur vengeance pour la mieux con-
certer. Amalric se vit réduit à solliciter
de nouveaux secours, s'adressant au pape,
au roi des Français, et à tous les seigneurs
et prélats du pays. Foulques retourna
vers le nord prêcher la croisade, et ré-
veilla encore une fois le zèle pieux des
guerriers de la Loire et de la Seine.

L'année suivante, Louis, fils aîné de Philippe, conduisit une armée de Français
aux bords de la Garonne, et fit le siége
de Marmande, pendant qu'Amalric dirigeait sur Toulouse ses nouvelles levées.

Nous avions suivi le comte de Foix dans
une expédition qui avait pour objet d'ap-
provisionner la ville, et nous étions sur
le point d'y rentrer, menant avec nous
une grande quantité de bétail, quand
notre marche se trouva tout-à-coup inter-

ceptée à trois lieues de Toulouse. Le comte
de Foix prit aussitôt la résolution de se
fortifier à Basièges, et d'y attendre les
secours qu'il se hâta de demander au fils
de Raymond. Ce prince, qui était à la
veille de marcher sur Marmande, prit
le parti de se diriger vers Basièges, et
ordonna le combat, aussitôt qu'il nous
eut rejoints. La victoire fut complète et
l'honneur en demeura au jeune guerrier
qu'on avait essayé vainement de soustraire
aux dangers d'une mêlée. Des chevaliers
discourtois, s'étaient ligués pour l'envelopper et le tuer; Raymond, frappé d'un
coup de lance, ne fut point désarçonné,
et, secouru par les siens, il fit prisonniers
ces lâches conspirateurs. Leur chef fut
aussitôt puni du supplice des traîtres.

La victoire de Basièges ne put sauver
Marmande, dont la garnison fut contrainte de se rendre à discrétion. L'évêque de Saintes voulait qu'elle fût passée
au fil de l'épée. Louis eut horreur de cette
proposition, et emmena avec lui ses pri-

sonniers pour les préserver des fureurs du
prélat. Lorsqu'il se fut éloigné, les bandes soldées par l'Église entrèrent dans
Marmande et massacrèrent sans pitié toute
la population, femmes et enfans (7).

Louis fut indigné de ce procédé et n'en
vint pas moins assiéger Toulouse, aidé de
ces barbares ; mais cette ville était maintenant hors de toute atteinte : dix-sept
quartiers y étaient fortifiés et munis de
machines de guerre; plus de mille chevaliers s'y trouvaient réunis et chaque
habitant valait un soldat.

Louis tenta plusieurs attaques qui furent vivement repoussées. Après quarante
cinq jours de siége, il se retira, et sa
retraite fut si précipitée, qu'il livra ses
machines et son camp aux flammes des
assiégés.

Cette retraite fut diversement expliquée.
Quelques-uns y virent un premier indice
de cette politique intéressée qui déjà songeait à se faire céder les droits et domaines de Montfort, en laissant Amalric

dans l'impossibilité de s'y maintenir. Il semblait que l'esprit de pélerinage eût déjà fait
place aux conseils de la convoitise royale.
Cette conjecture fut justifiée par la conduite
que tint Louis l'année suivante, où, ayant
été autorisé par le pape à lever un vingtième sur les biens du clergé, pour ra-
mener ses troupes en Occitanie, il reçut
les subsides, et marcha contre les Anglais
abandonnant les Montfort à eux-mêmes.

Ceux-ci se trouvèrent en moins de trois
années impuissans à conserver les nombreux domaines usurpés par Simon ; chaque jour leur apportait la nouvelle de
quelque soulèvement qui leur enlevait des
châteaux et des villes. Ils tentèrent en
vain de reprendre quelques-unes de celles
qu'ils avaient perdues, et consumèrent
une année presque entière devant Castel-
nau-de-Lauragais qu'ils ne purent recou-
vrer. Là fut blessé à mort le jeune frère
d'Amalric, que Simon avait marié avec
Pétronille de Bigorre, déjà deux fois épouse
et dont le second mari était vivant (8).

L'extrême fatigue de tous les partis rendit alors les combats plus rares, et l'Occitanie commença à goûter quelques momens de repos qui lui suggéraient l'espérance trompeuse d'être enfin délivrée de ses envahisseurs.

Mais ni Rome ni les prélats n'avaient abandonné leur proie.

Un nouveau légat appelé Conrad, jadis abbé de Citeaux, et maintenant évêque de Porto et cardinal, fut envoyé au soutien d'Amalric. Tous les prélats de France furent sollicités de réunir leurs efforts pour achever une œuvre sainte que les laïques semblaient abandonner.

Conrad arriva, prodigua les exhortations, les menaces, et enfin les anathèmes (9). De nombreuses bandes épiscopales et un petit nombre de celles des seigneurs du pays français, recommencèrent à descendre sur les rives du Rhône et de la Garonne, et chacun se prépara à soutenir une dernière lutte moins inégale que les précédentes.

LIVRE ONZIÈME.

La puberté.

Depuis que le comte de Foix avait repris les armes, et que j'avais commencé sous la conduite de mon père à suivre la carrière des combats, nous revenions presque chaque année échanger contre le tumulte des camps les doux passe-temps de la vie domestique.

Celle d'Aliénor était comme suspendue pendant notre absence. Elle employait à nous écrire les heures qu'elle pouvait dérober aux soins des affaires. Ses messagers lui rapportaient les chants que son mari et son fils avaient composés pour elle dans ces longues veilles militaires, où les ames sensibles échappent seules à l'ennui.

Il y avait déjà plusieurs mois que nos journées s'écoulaient paisiblement dans notre belle demeure d'Arnave, et je commençais ma vingt-quatrième année, quand Aliénor dit à Raimbaud : « L'enfant qui nous est confié est parvenu à l'âge où l'homme devient capable d'agir par lui-même, et échappe aux mains qui ont gouverné son enfance.

« Cette indifférence ou lenteur d'esprit, qui a flétri ses premières années, s'est maintenant évanouie ; elle a fait place aux agitations de l'adolescence. Je ne sais quelle inquiétude involontaire et capricieuse tient ses esprits occupés.

« Pendant quelque temps sa pensée a paru absorbée par les exercices pieux et les méditations d'une dévotion mélancolique. Depuis quelques jours les germes des passions mondaines et l'instinct des combats commencent à poindre dans ses inclination,

« Je le vois plus soigneux de sa parure, plus attentif au récit des choses passées. Il m'obsède de ses questions : sa tendresse pour moi semble à-la-fois plus exaltée et plus contrainte. Cette harpe, cette viole dont nous avions peine à lui faire tirer quelques sons, se font entendre maintenant à toutes les heures du jour. Il y répète les chants de nos troubadours et les siens. Parmi ces chants, il en est qui me sont inconnus; mais s'ils ont été inspirés à sa verve naissante, il ne faut pas en douter, cet enfant est né pour éprouver toutes les ivresses de l'amour. »

« Hâtons-nous, » dit Raimbaud, « de prévenir les effets de cette disposition. Si l'objet qui doit en faire éclore tous les fruits ne s'est pas encore offert aux yeux d'Adon, la vie agitée des camps et les séductions de la gloire, pourront le distraire et dérober encore quelques-unes de ses années à la tyrannie des désirs voluptueux; mais, dis-le moi, penses-tu qu'il soit encore temps de prévenir cette fièvre, et n'as-tu rien observé qui ait pu t'éclairer sur les secrètes pensées de notre élève ? »

« Sa réserve est extrême, » répondit Aliénor; « c'est cette réserve au-dessus de son âge, qui, jointe à une préoccupation constante, redouble mon inquiétude. Si quelque objet a déjà touché son cœur et porté le trouble dans son esprit, je n'en puis soupçonner d'autre que notre aimable et chère Cécile. »

« Quoi ! » dit Raimbaud, « la fille de ta cousine Ermessinde ? » A ces mots, le visage d'Aliénor se couvrit d'une rougeur inusitée pour son époux; elle fut un moment troublée.

« Raimbaud, » dit-elle, en lui pressant les mains, « tu me pardonneras d'avoir gardé pendant tant d'années un silence qui m'était imposé, et d'avoir reçu un secret sans le partager avec toi. J'avais promis de ne le révéler qu'au moment du besoin. Je me hâte de croire que ce moment est venu, pour n'avoir plus une seule pensée qui ne soit commune entre nous. Cécile n'est point la fille d'Ermessinde ; elle nous tient de plus près, et Béatrix, ma sœur, fut sa mère. »

« O Dieu puissant, » s'écria Raimbaud, « Cécile est notre nièce ! Cécile est la fille de notre fatal beau-frère, de cet odieux Foulques, le fléau de son pays et de son seigneur ? »

« Oui, » reprit Aliénor, » elle est la fille de celui qui est maintenant évêque de Toulouse et persécuteur des bons hommes. Tu sais comment il devint notre beau-frère après les temps de sa jeunesse où il s'était rendu célèbre dans la gaie science, et se distinguait parmi les chantres des amours et des combats. Je n'ai pas besoin de te rappeler comment rebuté par Azalaïs de Marseille, il vint porter à Montpellier ses regrets et ses chansons ; comment ma sœur aînée le vit à la cour d'Eudoxie, se laissa séduire par ses chants et devint son épouse. Tu n'as pas oublié qu'étant déjà

père de trois enfans, il fut tout d'un
coup, ou feignit d'être appelé par la volonté divine à la vie pénitente; qu'il conduisit Béatrix dans un cloître, et entra lui-
même dans le couvent de Toronet, où
son front fut ceint quelques mois après
d'une mître abbatiale, qu'il quitta ensuite
pour celle de l'épiscopat. Ce fut pendant le dernier voyage que je fis à Montpellier, que ce projet fut conçu et exé-
cuté. Tu n'avais pu m'accompagner; j'étais
seule avec Ermessinde : nous assistâmes,
Béatrix et moi, aux derniers momens d'une
mère chérie, et nos larmes mouillèrent ses
yeux éteints. Nous reçûmes ses dernières
paroles : « Aimez-vous, » nous dit-elle,
« et soyez fidèles l'une à l'autre. » — Quand
nous eûmes subi les premières angoisses
de la douleur, et quand le travail lent
des jours et des nuits eut préparé nos
esprits à admettre d'autres pensées, Béatrix
me dit : « Je ne sais si ma mère a prévu
que j'aurais sitôt besoin de tes soins. Je
pressens que ma fin est prochaine, et je

n'en ai point de regret, car la vie m'est amère. Écoute mes malheurs et accomplis le dernier vœu qui me reste à former. Foulques ne m'a jamais aimée : il n'a jamais aimé que le vain fantôme de l'ambition et des honneurs. Il ignore les charmes de la sympathie ; il est insensible aux caresses des enfans et aux délices de la vie domestique. La poésie n'a d'attrait pour lui qu'autant qu'il peut la vendre au pouvoir. Au lieu de s'élever par sa muse au-dessus des grands, il la rend comme lui servile et convoiteuse. J'ai long-temps ignoré les causes de sa tristesse et de sa mauvaise humeur. Ses vœux et ses projets ont éclaté par degrés. Les circonstances politiques ont allumé ses désirs, ont ouvert à ses yeux une carrière nouvelle. La Castille et l'Aragon, menacés par les Africains, les sectes de l'Occitanie prêtes à attirer sur ce pays la vengeance des papes, tout lui fait sentir le besoin de jouer un rôle plus important que celui de trouvère. Les nœuds qui nous unissent sont mainte-

nant le seul obstacle qui le gêne. Il soupire
après les dignités de l'Église, et semble les
toucher de la main. Le pontificat même de
Rome n'est pas au-dessus de ses rêveries.

« La mort de ma mère a rompu tous les
liens, terminé tous les délais. Il veut que
j'entre dans un cloître; j'y entrerai, mais
ce sera pour y mourir. Dieu me pardon-
nera si je succombe à la douleur de n'avoir
pu être épouse, et de n'être plus mère. J'ai
trois enfans; Anselme suivra son père dans
l'état monastique. Son penchant est d'accord avec sa destination..... Que Dieu en
soit loué! — Macaire m'a été enlevé à
Maguelonne par les Sarrasins. Je suis in-
formée qu'il a trouvé dans l'étude de l'art
de guérir des ressources contre le malheur
et la captivité, puissent les vœux d'une mère
le préserver des maux qui rendent l'escla-
vage insupportable!

« Il me reste une fille, et à peine vient-
elle de naître qu'il faut m'en séparer!.....
Elle suffirait peut-être à me consoler de
mes chagrins, à remplir le vide d'une vie

déçue ; mais cette compensation m'est ré-
fusée. Il faut que ma Cécile passe en des
mains étrangères ! Son enfance doit être
livrée à tous les hasards de la vie orphe-
line ! Elle sera obsédée, par les soins de
son père, de toutes les suggestions propres
à la conduire dans un cloître. Si la Providence l'appelle à choisir ce genre de vie,
je suis loin de la plaindre ou de m'en af-
fliger ; mais je devine trop bien les tourmens qui sont les suites d'une vocation
forcée, pour supporter l'idée que ma fille
soit condamnée en naissant à vivre dans
une prison, ou plutôt dans un tombeau.
Aliénor, je t'en conjure, prends ma Cécile.
Sers-lui de mère ; dérobe son enfance à
toutes les recherches. Apprends-lui selon
ton cœur à diriger ses pas et à choisir
entre les divers sentiers qui traversent le
champ de notre existence ; mais qu'elle
puisse suivre librement celui qu'elle aura
préféré ! Béatrix ajouta : Foulques est absent, il me sera facile de l'abuser sur le
sort de sa fille ; je lui dirai que sa vie

s'est éteinte avec le lait de sa nourrice.
Cette ame sèche croira sans peine ce qui
lui laissera peu de regrets. Promets-moi de
ne révéler ce secret qu'autant que pour-
rait l'exiger l'intérêt du secret lui-même.
Tu auras besoin du secours d'Ermessinde ;
elle est digne de nous seconder et de tout
savoir. Quant à Raimbaud, cet homme
aussi prudent que généreux, approuvera
la sollicitude d'une mère, qui ne veut
l'instruire du sort de son enfant qu'au
moment où elle réclamera son secours. »

« Elle me tendit les bras, et sa voix fut
un moment interrompue par ses sanglots.

« O la plus heureuse des femmes, » re-
prit-elle, « pardonne-moi de mettre une
année, un jour, une heure de silence
entre toi et cet autre toi-même ! Qu'est-ce
qu'une telle privation pour tant de fé-
licité ? »

« J'abrège ce pénible récit ; les vœux de
ma sœur furent remplis ; elle reçut mes
promesses et mes larmes. Ermessinde prit
Cécile dans ses bras..... Béatrix lui fit et

à nous ses adieux, qu'elle savait bien être les derniers ! — Après notre départ, elle alla de sa maison déserte à la cellule du cloître, et de la cellule à la tombe !!

« Je me suis acquittée envers Cécile des devoirs qui m'étaient prescrits ; j'ai étudié son caractère ; j'ai cherché à pénétrer les inclinations dont le germe est dans ses organes : je crois qu'elle a reçu de la nature une ame forte et courageuse, et qu'elle est plus portée à affronter les dangers de la société qu'à les éviter en y renonçant.

« Les soins de la vie domestique remplissent ses momens. Elle se passionne pour les malheureux, et s'occupe sans cesse des besoins des autres. Elle est pieuse et fervente dans ses prières ; mais sa piété n'est point oisive et livrée à la contemplation.

« Si j'en crois tous ces indices, Cécile est appelée par la nature à remplir les fonctions d'épouse et de mère, et non à subir une vie inutile, qui ne serait pour elle qu'une mort lente. »

« Que le vœu de Béatrix soit accompli, »

s'écria Raimbaud, « et que la destinée de
Cécile soit désormais liée à la nôtre ! Qu'importe que j'aie ignoré ce qu'elle était ? Elle
a été ma fille du moment où elle est devenue la tienne. Je n'ai jamais vu cette
enfant sans éprouver un trouble involontaire, sans être ramené à quelque souvenir de ta mère et de toi-même. J'aime
à trouver en elle l'alliance des grâces et
du courage, l'ame de Minerve sous le
visage de Vénus. Si Adon a déjà pu dé-
mêler le charme de cette fleur naissante,
je tire de ce choix un augure favorable
au caractère de notre élève ; mais de
grands devoirs nous restent à remplir.
Adon est né d'un sang qui le condamne
à soumettre ses affections à la raison d'état.
Les princes, maîtres des autres hommes,
ne peuvent disposer d'eux-mêmes. Quoique
réduit, par le malheur et par l'usurpation, à la condition privée, il n'en sera
guères plus libre. Sa destinée est dans les
mains du comte de Foix, qui nous l'a
confié ; il est temps de le lui rendre. C'est

au comte qu'il appartient de lui révéler le secret de sa naissance ; tout l'y invite maintenant. Les temps sont devenus meilleurs ; le vieux Raymond peut désormais espérer d'achever sa carrière dans le palais de ses ancêtres. Simon est mort, et son fils Amalric s'épuise à chercher des soutiens qui veuillent protéger ses larcins, ou les lui acheter. L'espoir de faire rentrer Trencavel dans ses domaines, l'âge de ce prince, les dangers d'une oisiveté prolongée, et de l'invasion de l'amour, tout se réunit pour déterminer le comte de Foix à rompre enfin le silence. Préparons, sans plus tarder, l'armure et l'équipage d'Adon, et que dans trois jours je le présente à notre prince. »

A peine Raimbaud achevait ces paroles, qu'un messager vint interrompre l'entretien, et lui remit cette lettre du comte de Foix.

« J'apprends en ce moment que les croisés se sont réunis de tous les points pour assiéger de nouveau Toulouse. Mon

allié Raymond m'appelle à son secours ;
le rendez-vous de mes hommes d'armes est
à Pamiers : viens sans retard ; j'ai besoin
des conseils et du bras de mon fidèle
Raimbaud. »

RAYMOND-ROGER.

« Cet ordre, » dit Raimbaud à son
épouse, « me laisse à peine le temps de me
reconnaître. Je ne puis retarder d'un instant mon arrivée à Foix ; mais la résolution
que j'ai prise n'en est que plus urgente. Je
te laisse le soin d'en informer Adon, et de
faire préparer ce qui lui est nécessaire.

« J'expliquerai au comte mes pensées et
mes craintes ; il en décidera, et si je ne
viens point moi-même chercher Adon, un
chevalier éprouvé sera chargé de ce soin. »

Le jour était sur son déclin ; Raimbaud se hâta d'endosser son armure ; il
monta sur son coursier, et prit aussitôt
la route de Foix, en prescrivant à ses ar-
chers, à son coutillier et à son varlet de
venir le joindre pendant la nuit.

Adon était absent ; lorsqu'il fut rentré, Aliénor lui dit : « Ton père vient de nous quitter ; le comte l'appelle à de nouveaux combats : si son départ n'eût pas été aussi précipité, il t'aurait emmené avec lui ; car les années de l'enfance sont écoulées pour toi, et le temps de te montrer homme est arrivé. »

« Il l'est sans doute, » répondit Adon ; « ma mère me le dit, et tout dans la nature me le répète. Je sens le vide de mes jours ; des désirs vagues et mal conçus me possèdent et se disputent jusqu'à mon sommeil......... Je me sens appelé à vivre autrement que je n'ai fait, et j'ignore quel est ce genre de vie qui doit être le mien. Je brûle de combattre les ennemis de ma famille, et de partager les périls de mon père : mais les combats n'occupent que des instans dans la vie ; ils ne sauraient la remplir. J'en atteste mon père, et vous-même ; c'est vous qui le faites vivre, c'est vous qui imprimez le mouvement à toutes ses pensées, c'est vous qui êtes le but et la récompense de ses travaux ? Votre image le suit partout au sein des agitations et des tumultes. Il ne vit que de votre amour , et si la mort vient à le surprendre , du moins il aura vécu ! »

Aliénor semblait interdite et ne savait que répondre.

« Eh bien ? » reprit Adon , en embrassant ses genoux , « je suivrai l'exemple de celui que vous aimez ; je vivrai par vous , car celle qui aura mon amour doit vous ressembler , et quand elle aura reçu mes vœux, comblé mon attente, je lui dirai : « Je t'aimais avant de te connaître , car tu n'es que l'image d'Aliénor. »

L'épouse de Raimbaud lui répondit avec un sourire , mêlé de quelques larmes.

« Adon, j'accepte ton hommage ; je promets de ne te céder qu'à celle qui aura mérité ton amour. Puisque tu es né pour aimer , tu trouveras sans doute celle qui doit t'entendre et te répondre. L'espèce des amans est rare, comme celle des amis;

ceux qui lui appartiennent se cherchent
long-temps parmi la foule, et il ne leur
est pas toujours accordé par la Providence
de se rencontrer. Aujourd'hui, l'honneur
t'appelle, et la gloire t'attend. L'honneur
et la gloire sont les compagnes de l'amour;
va suivre les exemples et prendre les leçons de Raimbaud; en combattant pour
nous, vis pour nous et pour celle qui doit
s'honorer de tes exploits, se nourrir de ta
renommée. Dans trois jours Raimbaud
viendra te chercher, ou enverra un autre
chevalier qui te servira de guide. J'aurai
soin que tout soit prêt pour ton voyage.
Fais tes adieux à nos parens, à nos amis;
va prendre congé d'Ermessinde et de
Cécile. »

Au nom de Cécile, Adon parut interdit; ses joues et son front se colorèrent
d'une vive rougeur; et, craignant de ne
pouvoir dissimuler le trouble qu'il éprou-
vait, il balbutia quelques paroles, prit
d'une main tremblante la belle main d'A-
liénor, la baisa et se retira.

3.

Dès qu'il eut regagné sa chambre et se trouva seul, un torrent de larmes vint inonder ses yeux, et il s'assit en gémissant.

Adon aimait Cécile sans trop savoir ce que c'était qu'aimer. Il s'ignorait lui-même; la voir, l'entendre, prier pour elle et avec elle; faire d'après ses conseils l'emploi de ses momens; telles étaient ses habitudes. Il n'avait songé à rien de ce qui pouvait être au-delà. Mais cette pensée soudaine qu'il fallait quitter Cécile bouleversa tout son être; le secret de son cœur lui fut révélé, et ses yeux furent dessillés.

Il voulut recourir à la prière, et la prière expira sur ses lèvres. Il essaya de s'exciter à la vie des combats en répétant avec sa viole quelques chants guerriers; mais les cordes de l'instrument ne rendaient que des sons de douleur et d'amour.

« Insensé, » se disait-il, « tu croyais ton ame possédée de l'amour de Dieu et tes pensées dirigées vers le ciel. Ce Dieu, c'est le Dieu de Cécile; ce ciel, c'est le lieu qu'elle embellit de sa présence; c'est l'air qu'elle

embaume de son souffle. Tes prières, tes
vœux adressés à la mère de Dieu, tu les
faisais pour Cécile, et c'est à Cécile que tu
les faisais. »

Il repassait ensuite dans sa mémoire comment s'était dissipée l'indifférence de ses
premières années, comment ses entretiens
avec Cécile l'avaient tiré de cette léthargie
en le conduisant avec elle au pied des autels
et devant le tribunal de la pénitence.

Il se rappelait combien les premiers élans
de cette dévotion lui avaient inspiré de
mélancolie, et les vœux ardens qu'il avait
faits pour être affranchi des liens de la
vie, dans la seule vue de partager sans
interruption auprès de Cécile la béatitude
des demeures célestes. Il se représentait ces
promenades lugubres, faites avec elle dans
les lieux consacrés à la sépulture des morts,
et entendait la douce voix de cet ange
s'apitoyer sur la destinée de ceux qui ont
vécu douloureusement, puis s'élever en
célébrant les louanges de ceux qui ont
honoré par leurs vertus et leurs exploits

les courtes années de leur voyage sur la terre.

« Puis-je ignorer maintenant, » disait-il, « à qui je suis redevable de cet amour de la gloire si tardivement éclos, et de tous les chants nouvellement inspirés à ma muse jusques-là ignorée et enveloppée dans ses langes ?

« C'est Cécile qui a élevé mon ame au ciel ; c'est elle qui m'a rendu à la terre et tracé la carrière que j'y dois suivre : mais sans elle que ferai-je et que vais-je devenir ? Depuis que j'ai commencé à sentir la vie, je n'ai vécu que par elle. C'est pour elle désormais qu'il me faut vivre, ou cesser d'être.

« Combien de fois dans mon ardente amitié, j'ai regretté qu'elle ne fût pas ma sœur, et converti ce regret en une douce illusion, quand je contemplais la ressemblance de ses traits avec ceux de mon adorable mère, ou quand j'écoutais leur voix frapper mon oreille d'un même son.

« Je n'aimais que ma mère avant d'avoir

aimé Cécile. Et maintenant n'est-ce pas Cécile que j'aime en aimant ma mère?

« Cécile ma sœur! oui dans le ciel où nous devenons anges. Mais pendant ce pélerinage de la terre, ce n'est point une sœur, c'est une compagne inséparable, une épouse que Dieu a réservée à l'homme, pour l'aider dans son labeur. »

« Et cependant, ajoutait-il, voilà qu'il me faut quitter Cécile et passer désormais, sans la voir et l'entendre, les jours, les mois, peut-être les années. Que sais-je? aller chercher la mort dans les combats avant d'avoir vécu? Voilà donc quelle est ma destinée? Pauvre Adon, était-ce bien la peine de venir en ce monde?

« J'aime Cécile. Celle qui m'a enseigné à aimer est sans doute faite pour aimer, et c'est moi qu'elle aime. D'où viendrait sans cela cet accord si parfait dans nos goûts, nos pensées, nos jugemens? Si ce besoin d'aimer s'est fait le maître de ma vie, comment serait-il étranger à Cécile?

« J'ai commencé à comprendre mon être

en me sentant aimer ; Cécile ne peut comprendre autrement le sien. Elle n'éprouve aucun penchant pour la vie du cloître; que faire sans amour en vivant parmi les hommes ?

« Nous sommes tous réduits à choisir entre n'aimer que Dieu, ou aimer avec Dieu un autre nous-même.

« Mon choix est fait, et celui de Cécile l'est aussi. Cécile a consenti à aimer, puisqu'elle a renoncé à s'ensevelir toute vivante. Il lui faut un chevalier, un protecteur, un ami; et quel autre qu'Adon, peut être cet ami, ce compagnon de sa vie?

« C'est à moi qu'il appartient d'être pour elle ce qu'est Raimbaud pour Aliénor. Cette mère adorée, qui ne dirait que Cécile est sa fille? Mais elle ne l'est point, elle n'est pas ma sœur. Il faut donc qu'elle soit mon épouse.

« Cécile est l'image de ma mère; l'une et l'autre ont été, pendant mes premières années, confondues dans mon amour. Maintenant je dois aimer Cécile, comme

Aliénor est aimée de Raimbaud. Je me sens digne de mon père, je puis donc l'être de Cécile. »

Après quelques momens de silence, il s'interrogea de nouveau. « Serait-il vrai, » dit-il, « que je n'aie plus que trois jours à vivre? Que restera-t-il de moi à quelques lieues d'ici, si ce n'est un être inanimé, une ombre semblable à un homme?

« Mais trois jours ne peuvent-ils me suffire pour ce qui peut être dit en un moment? Il faut que Cécile sache qu'elle est maîtresse de ma destinée. Loin d'elle, auprès d'elle, je saurai vivre partout, dès qu'elle l'aura ordonné. »

Adon se sentit plus calme dès qu'il eut pris la résolution de révéler son amour à Cécile; il imaginait mille manières diverses d'aborder ce sujet, et les rejetait les unes après les autres.

La nuit était venue, mais le sommeil ne pouvait abaisser les paupières du jeune homme. Il se roulait dans son lit, tournant à droite et à gauche, et se relevant agité par la crainte ou par l'espérance.

Il se promenait à grands pas, puis s'asseyait, et, prenant sa viole dont il modérait les sons que le silence de la nuit aurait rendus trop bruyans, il frédonnait entre ses lèvres les derniers chants que l'amour lui avait inspirés.

« Quand Dieu, « disait-il, » fit Adam maître du monde et roi de tous les êtres vivans, Adam, se trouvant seul de son espèce, séchait d'ennui.

« Dieu lui donna une compagne, et il commença dès-lors à vivre en sentant qu'il aimait.

« Malheur à celui qui vit seul, et se trouve réduit à n'aimer que lui-même. Que peut-il recevoir celui qui n'a rien à donner?

« Rien ne plaisait à Adam dans ce jardin paré de tous les trésors célestes. Il n'y voyait rien de beau, n'ayant personne à qui le dire.

« Tous les objets s'embellirent aux yeux d'Adam quand il put les voir avec Ève; mais le plus beau de tous, c'était Ève elle-même.

« Cécile n'est pas moins belle qu'Ève, et elle fera de moi un autre Adam, quand Dieu nous aura réunis.

« Je connaîtrai alors les délices du paradis; j'aurai laissé derrière moi les sables et les ronces du désert. »

~~~~~~

LIVRE DOUZIÈME.

Le Pélerinage.

Adon, que le sommeil n'avait pu vaincre, entendit sonner l'une après l'autre toutes les heures de la nuit.

Dans son impatience, il n'attendit point que l'aurore eût levé le voile semé de diamans qui couvre les montagnes; et, guidé par la clarté vacillante de la lune, il descendit au hameau de Bompas. C'était là qu'était l'habitation d'Ermessinde, entourée de prairies et de bocages. Un bois de moisetiers s'étendait jusques sous les fenêtres de la chambre où reposait Cécile. — Adon voit de loin cette fenêtre qui paraît entr'ouverte. Ses genoux plient sous lui, sa respiration est suspendue ; il est contraint de s'asseoir. Il lui semble qu'une voix connue parvient à ses oreilles ; il retrouve ses forces, se relève, se traîne sans bruit, et s'approche en retenant son haleine. Bientôt, il n'en peut plus douter, c'est la voix de Cécile qu'il a entendue !.... C'est la voix de Cécile qui confie à la nuit ses désirs et ses peines !

« Pourquoi, » disait-elle, « le sommeil fuit-il de mes yeux ? C'est qu'en veillant mon ame est plus libre de songer à Adon.

« Pourquoi les sons de la cloche du matin me font-ils arriver la première au temple du hameau ? C'est que je vais y prier pour Adon.

« Dieu veut que je vive pour Adon :
quelle autre puissance aurait mis son
image dans mon cœur ? cette image est
devenue l'ame de Cécile. Il n'y a plus de
Cécile, si Adon m'est enlevé. C'est lui qui
vit en moi ; c'est pour et par lui que je
respire. Pourquoi suis-je une faible fille ?
Si mon sexe était le sien, je serais toujours
auprès de lui ; je le suivrais dans les combats, je préserverais sa vie en hasardant
la mienne. Mais, non ! je ne pourrais pas
alors l'aimer comme je voudrais ! Il faut
une compagne, une épouse à Adon ; si
Cécile n'est pas cette compagne, que fau-
dra-t-il qu'elle devienne ? » — « Elle le
sera, » s'écria Adon d'une voix étouffée par
les larmes ; « Cécile ! reçois mes sermens !
Je venais t'exprimer les mêmes vœux, les
mêmes pensées que m'a révélées cette heureuse nuit.... Il faut que je parte, mais
je ne crains plus rien, je possède ma vie....
Tu viens de la commencer, elle ne se
prolongera que pour toi ! »

« Adon ! Adon ! » répondit Cécile en

balbutiant, « je ne sais si je vis, épargne-moi, aie pitié de Cécile ! qu'a-t-elle dit ? Est-ce bien toi que j'ai entendu ? Laisse-moi reprendre mes sens. » Après quelques momens de silence, elle ajouta : « Adon ! l'heure de la salutation angélique va sonner ; va m'attendre au temple, j'y viendrai. » Adon s'éloigne ; il fait un grand détour pour dérober sa marche aux habitans du hameau, que la cloche argentine appelle à l'office du matin et au travail.

Les portes du temple s'ouvrent ; il entre, se prosterne et adresse à Dieu de ferventes prières.... Il le supplie de rendre Cécile heureuse, et de la rendre heureuse par lui.

Cécile arrive ; un voile couvre son visage ; elle s'agenouille et semble devenue un marbre immobile.

Après le service divin, Cécile sort du temple, Adon la suit. Il ose à peine lui présenter une main tremblante ; Cécile craint de la prendre. Ils s'acheminent lentement vers l'habitation d'Ermessinde.

Bientôt le sentier les conduit hors de la vue du temple et du hameau, dans les touffes d'arbres qui entouraient la maison. Adon rompt enfin le silence.

« O ma Cécile ! j'ai tout entendu et tout dit. Ma mère m'envoyait te faire mes adieux, et moi je venais te dévouer ma vie. Mon vœu est accepté, je puis maintenant voyager et combattre. »

Cécile lui répondit : « Je ne m'appartiens plus, Adon ; je me suis mise à ta merci, n'abuse pas de ma faiblesse. Ma langue se serait plutôt desséchée que de t'adresser sciemment les paroles que tu as surprises.... Mais puisque ton cœur les a reçues, que mille fois soit bénie l'imprudence qui m'a livrée à toi en me tirant du néant !..... Tu vas partir, mais ta pensée restera auprès de moi. La mienne te suivra partout. Un projet s'est offert à mon esprit pendant ma prière, et c'est Dieu, sans doute, qui me l'a inspiré. Demain est le jour du pélerinage d'Appi ; je dois m'y rendre avec les jeunes filles du diocèse qui ont depassé leur seizième année, et n'ont point atteint la vingtième (1). Viens rendre ton hommage à la vierge sainte ; nous irons ensemble prononcer à ses pieds le serment de vivre l'un pour l'autre, et, forts de cette garantie et de la protection du ciel, nous livrerons nos jours à la destinée. »

Ce projet fut adopté avec transport par Adon. Il entra avec Cécile sous le toit domestique, et fit part à Ermessinde des ordres de son père, et de son prochain départ. Il lui parla de la nouvelle carrière qu'il allait parcourir avec une émotion qu'il n'avait pas coutume de montrer.

Cécile gardait un profond silence ; Adon revint auprès d'Aliénor. « C'est demain, » lui dit-il, « qu'on célèbre la fête de l'Assomption de la vierge ; je veux me joindre aux pélerins d'Appi, et mettre ma vie sous la protection de la mère de Dieu. »

Il alla aussitôt revêtir la robe de toile des pélerins qu'il serra autour de son corps avec une ceinture de cuir, ôta sa chaussure, prit un bourdon à sa main et se dirigea vers les montagnes de Tabe. Il franchit d'un pied léger les prairies qui tapissent le fond du vallon , traversa les forêts de Casanave et atteignit bientôt les rochers entremêlés de verdure où les pâtres conduisènt leurs troupeaux. Lorsqu'il fut parvenu au col qui sépare les eaux de Casanave du bassin supérieur de l'Ariège , il s'arrêta pour contempler le grand spectacle déployé sous ses yeux.

Au nord, les vallons du Lectouire , du Douctouire et du Lers , semblaient naître à ses pieds et prolonger leurs sinuosités dans un espace brumeux jusqu'aux murs de Mirepoix.

Il reconnut , en suivant le cours du Lers , le rocher de Monségur et les murailles de son château démantelées ou noircies par les flammes. Au-delà se faisaient remarquer les montagnes blanchâtres , célèbres par leurs cavernes qu'habitaient autrefois des géans, et où la nymphe de Fontestorbe, se plaît à épancher et à retenir, selon son caprice, les eaux de son urne intarissable (2).

En se tournant vers le midi, Adon voyait l'Ariège serpenter, couverte d'écume, à travers une vallée riante et fertile, et plusieurs torrens qui lui portent le tribut de leurs eaux descendre, comme elle, d'une haute ceinture de montagnes neigées, qui séparent le comté de Foix de la Cerdagne, de l'Andorre et de la contrée Paillarèse (3).

Pendant qu'il admirait ces objets le soleil était sur son déclin ; le jeune pèlerin vit son flambeau s'éteindre par degrés dans un horizon sans bornes, qui se confondait avec l'Océan. Jusqu'alors le spectacle de la nature n'avait produit sur Adon que des impressions peu profondes et fugitives. Ici, il tomba dans une véritable extase, ses genoux se plièrent, et la surprise le rendit immobile pendant quelques instans. Bientôt il sentit qu'il manquait quelque chose à ce tableau (4); c'était de le voir avec Cécile. La chapelle d'Appi était encore à quelque distance ; il prit un sentier tracé sur la pente des monts de Tabe et qui en suivait les contours. Les astres de la nuit éclairant sa marche, il arriva à l'hospice voisin de la chapelle à l'heure où la plupart des pèlerins qui l'avaient précédé commençaient à se livrer au sommeil.

Adon vit en entrant un groupe de pèlerins rangés autour du chapelain dont ils écoutaient les discours. Il s'approcha et prit place auprès d'eux.

Le chapelain racontait les merveilles et les miracles que Dieu avait rassemblés dans ce lieu saint. Il expliquait comment la vierge, mère de Dieu, avait choisi elle-même ce séjour et y avait placé son image miraculeuse. « Vous remarquerez, » disait-il, « que les rochers où le temple est bâti ont un aspect bien différent des autres ; ils ne sont formés ni de marbre ni de grès, ni d'ardoise, ni de cette roche cristalline qui étincelle avec l'acier. Ce sont des amas de cailloux et des fragmens de diverses couleurs, qui ont été saisis par un ciment, et à qui une main céleste a donné (5) la forme de grands obélisques, joints ensemble par la base. Voici l'admirable secret de cette structure. Quand la Vierge sainte eut choisi le lieu d'Appi pour être son sanctuaire, son fils voulut signaler cet établissement par une grande merveille. Il ordonna à tous les anges d'aller dans les diverses parties du monde, et d'apporter chacun une pierre pour en former cette montagne. Sa volonté divine fut aussitôt exécutée. Ces rochers furent l'ouvrage des anges, et les hommes pieux n'eurent plus qu'à bâtir les murs de l'édifice. »

« Ne sait-on pas, » demanda l'un des pélerins, « quel en fut le fondateur, et faut-il croire, ainsi qu'on nous l'a dit, que c'est Noë le patriarche ? »

« Je l'ignore, » répondit le chapelain; « mais il est toujours utile de croire les choses qui portent à la piété. Ce qui est cer-

tain, c'est que la chapelle et l'hospice
ont été reconstruits par le saint pénitent
Garin, dont je puis vous raconter l'histoire. »

Les pélerins montrèrent un vif désir
d'entendre l'histoire de Garin, et le chapelain la raconta en ces termes :

« Jean Garin avait rendu célèbres par
sa vie austère et pénitente les déserts de
Tabe, qui sont au-dessus des habitations
d'Axiat et d'Appi. Le démon en fut ja-
loux et médita sa ruine. Il parvint à se
glisser dans le corps de la belle Inès,
fille du comte de Cerdagne, qui régnait
alors sur la Haute-Ariège. Comme on faisait de vains efforts pour délivrer cette
princesse d'une aussi cruelle possession,
le démon lui fit dire qu'il n'appartenait
qu'à Garin de la guérir. On se hâta de
conduire Inès à l'hermitage du saint homme.
L'hermite fut d'abord flatté du choix dont
il était l'objet, et ce mouvement d'orgueil
ouvrit au démon la porte de son ame.

« Dès qu'il vit la princesse, il en fut ébloui

et dit aux personnes de sa suite d'aller l'attendre à l'église et d'y prier avec ferveur. Mais lui, se trouvant seul avec Inès, et possédé de toutes les fureurs de la concupiscence, ne songea plus qu'à assouvir cette passion diabolique......... Aussitôt qu'il eut commis le crime, la frayeur vint le saisir, et, craignant les accusations de la princesse, il eut la barbarie de la tuer en l'étouffant. Il se hâta de l'enterrer dans une caverne qui communiquait à sa cellule, et prit aussitôt la fuite. Garin échappa aisément à des hommes qui ne songeaient pas à le poursuivre; mais les remords cuisans s'attachèrent à sa conscience et ne lui laissèrent point de relâche. Il traversa les Pyrénées, suivit les bords de la mer, et passa le Rhône à la nage, sans pouvoir éteindre le feu qui le dévorait. Enfin il parvint à Rome, et alla se prosterner aux pieds du Saint-Père, à qui est dévolu le pouvoir de remettre les péchés réservés, et d'effacer les plus grandes iniquités des hommes.

« Votre crime est énorme, » lui dit le pape ; « mais il n'en est aucun qui soit au-dessus de la miséricorde divine et du pouvoir de la pénitence. Retournez aux lieux où le forfait a été commis ; puisque vous y avez surpassé en brutalité les bêtes sauvages, vous vivrez comme elles, sans vêtemens, sans autre nourriture que l'herbe des champs et les fruits grossiers des forêts. Allez, nouveau Nabuchodonosor, attendre le moment où Dieu voudra exaucer votre repentir ; lui-même vous le fera connaître.

« Garin se soumit sans murmure à l'exécution de cette sentence sévère ; il revint aux déserts de Tabe ; et, ayant jeté ses habits dans l'étang qui produit les tempêtes, il en sortit aussitôt un orage qui, frappant ses membres nus d'une grêle meurtrière, le mit tout en sang. Cette première épreuve ne le rebuta point ; il se traîna dans les bois et sur les rochers, dévorant l'herbe, et l'arrosant de ses pleurs. Un poil inégal et hérissé couvrit ses membres; ses ongles devinrent crochus et il avait presque perdu l'apparence humaine, lorsque le comte de Cerdagne, en faisant une chasse aux loups dans la forêt d'Axiat, le rencontra sur ses pas. Il fit entourer cet animal d'une espèce nouvelle, et ordonna qu'on le conduisit à Puicerda où il tenait alors sa cour. Aussitôt que Garin fut entré dans le palais du prince où étaient rassemblés les barons et les chevaliers, un enfant élevant la voix prononça ces paroles: — « Garin tes péchés te sont remis. » — Cette révélation inespérée rendit au malheureux pénitent l'usage de la voix. — Il se jeta aux pieds du prince, lui avoua son crime, et demanda à mourir, puisqu'il était parvenu à apaiser la colère divine. Le prince ne voulut pas être plus sévère que Dieu même. Il pardonna aussi à Garin, mais redemanda le corps de sa fille pour le déposer dans la sépulture de ses pères. — Garin revint avec lui et sa suite au désert d'Appi. — Aussitôt qu'on eut ôté la pierre qui recouvrait le corps enfoui

dans la caverne , on en vit sortir Inès
pleine de vie et de santé, qui s'élança dans
les bras de son père , en remerciant Dieu
et sa sainte mère de l'avoir délivrée à
jamais des atteintes du démon. Le comte
de Cerdagne ne pouvait en croire ses yeux ,
ses oreilles , ses mains ; enfin , il emmena
sa fille , et laissa à Garin d'abondantes
aumônes , qui servirent, avec celles que
recueillit d'ailleurs cet anachorète , à fon-
der l'hospice que vous voyez, — Inès vé-
cut dans la crainte de Dieu , elle ferma
les yeux de son père , et fut mariée avec
le comte d'Urgel. La même puissance qui
lui avait rendu la vie, lui avait aussi rendu
sa virginité, Depuis ce temps on n'a pu
mettre en doute que Dieu n'ait attribué
à cette retraite le don de purifier par la
pénitence les crimes les plus atroces (6). »

Ce récit fit naître dans l'esprit d'Adon
une foule d'idées nouvelles , et le porta à
réfléchir sur des objets qui, jusques-là ,
n'avaient point fixé son attention. Il eût
voulu aussi adresser plusieurs questions

au chapelain ; mais la pudeur le retint , et il garda le silence.

Les pélerins se levèrent , le chapelain rentra dans sa demeure , et tous allèrent chercher quelques heures de repos.

Adon devança l'aurore pour venir à la rencontre des processions de pélerins où devait se trouver Cécile. Il ne les attendit pas long-temps. Les lueurs de la lune avaient éclairé leur marche. Il aperçut, de loin sortir de la forêt plusieurs files d'hommes et de femmes, qui se succédaient dans les sentiers sinueux tracés sur la pente herbeuse de la montagne. Bientôt le bruit des cantiques chantés par des voix aigres et discordantes vint frapper son oreille. Les pélerins, qui découvraient la chapelle sainte, s'avançaient la tête nue en se frappant la poitrine. Les femmes et les filles venaient ensuite, marchant deux à deux, le front couvert d'un voile qui formait une pointe en arrière, et pouvait se rabattre sur le visage. Leurs pieds , sans chaussure , foulaient l'herbe et les roches arides.

4.

L'œil inquiet d'Adon ne cherchait que
Cécile ; il crut la voir avant qu'elle parût,
et craignit de s'être trompé quand il l'eut
aperçue.

Enfin, il la vit passer avec ses compagnes, et la suivit en se mêlant au cortége. Il dévorait des yeux chacun de ses
pas et de ses mouvemens. Les regards
d'Adon étaient fixés sur les plis de la
robe de Cécile, qui lui découvraient des
pieds façonnés par les Grâces et colorés
par l'incarnat de la rose. — La cloche
bruyante remplissait l'air de ses sons aigus.
Les pélerins arrivent de tous côtés, la
foule se presse autour du temple et de
l'hospice, puis elle se répand dans la prairie voisine. Des linges blancs sont étendus
sur le gazon ; et le pain, la chair rôtie,
les oignons, le lait coagulé, sont déposés
dans des vases de bois. La liqueur de la
vigne est servie dans des citrouilles des-
séchées et des outres enduits de bitume.
La faim, excitée par le mouvement du
corps et par la rareté de l'air, donne à

ce repas un attrait auquel l'art des assai-
sonnemens ne saurait atteindre dans les
palais somptueux.

Cependant Adon et Cécile sont parve-
nus à se dérober à la multitude, et leurs
pas se sont dirigés aussitôt vers le temple.
Avant d'y entrer, leurs regards se sont
rencontrés, leur visage s'est couvert de
rougeur. Ils n'ont eu besoin de parler ni
l'un ni l'autre, pour s'agenouiller à la fois
devant la balustrade du sanctuaire. Le
chapelain prend leurs chapelets, les bénit,
les approche de l'image révérée de la
vierge, et les leur rend après ce pieux
attouchement. Adon et Cécile déposent
leur aumône au pied de l'autel. Le chapelain s'éloigne pendant quelques momens.
Adon dit alors d'une voix basse, et qui
ne pouvait être entendue que de Cécile :
« O vierge sainte ! reçois mes vœux et mes
promesses ! Je jure de n'appartenir jamais
qu'à Cécile. » Cécile ajouta aussitôt :
« Je jure de n'être jamais l'épouse que
d'Adon. »

Adon reprit : « Dès que j'aurai obtenu la main de Cécile, je fais vœu de bâtir une chapelle en l'honneur de la mère de Dieu, sur les limites des territoires d'Arnave et de Bompas. » Cécile continua : « Dès que je serai l'épouse d'Adon, je fais vœu de consacrer la première année de mon hymen à broder les voiles, et à coudre les ornemens qui doivent décorer le nouveau sanctuaire. »

Les jeunes néophytes fixèrent en même temps leurs regards sur la céleste image, et crurent avoir vu l'un et l'autre ses yeux se mouvoir et sa tête s'incliner en signe d'approbation. Ils se prosternèrent pleins d'une joie secrète, et sortirent du temple; ils montèrent ensuite sur un tertre voisin terminé par un rocher dont la plate-forme dominait l'hospice. Placés sur cet autel construit par la nature et n'ayant d'autre couvert que la voûte du ciel, ils renouvelèrent leurs sermens afin de les rendre plus efficaces (7). On les vit ensuite descendre, se mêler parmi les pélerins et prendre avec eux un repas frugal. L'heure du service divin étant arrivée, l'édifice ne put contenir la foule qui était accourue. Elle s'agenouilla sur le gazon et sur les rochers voisins. Les chants commencés dans le sanctuaire, se prolongeant au dehors, étaient renvoyés par les échos, et la montagne entière semblait n'être plus qu'un vaste temple consacré à la mère de Dieu. Après le saint sacrifice et la bénédiction des chapelets, la troupe se dispersa sans ordre et sans ensemble; seulement avant l'entrée de la forêt, les pélerins s'arrêtaient sur un grand rocher voisin du sentier. C'était le point d'où l'on commençait à entrevoir la chapelle en montant; c'était celui où on la perdait de vue en descendant. Les pélerins s'agenouillaient, récitaient la salutation angélique, et disaient adieu à l'habitation miraculeuse de la vierge d'Appi.

L'apparition de quelques nuages que les rayons d'un soleil ardent élevaient du sein des vallées, hâta le départ des péle-

rins. La prairie fut un moment couverte
de jeunes gens, qui, retenus par leurs bour-
dons, se laissaient glisser sur la pelouse
inclinée. — D'autres soutenaient de leurs
mains les jeunes filles sur ces pentes ra-
pides.

Adon accompagnait Cécile, sans se
hâter, sans la retarder. Il ne voyait qu'elle,
songeait douloureusement à la nécessité
de la quitter bientôt, et eût voulu prolonger les heures dont il jouissait.

Cependant les nuages qui s'étaient amon-
celés sur les crêtes neigées des pics Peiric
et de Moncal, commencent à se détacher;
poussés par un vent impétueux, ils pas-
sent sur la tête des pèlerins et viennent
couronner les sommets de Tabe. De nouveaux nuages naissent de tous côtés au
fond des ravins et finissent par les combler.

Le bruit de la foudre se fait entendre
et va toujours s'approchant. La nuée noire
et épaisse qui remplit la vallée est sillonnée du feu des éclairs. Les sommets
neigés se montrent resplendissans de la

plus vive lumière, comme au travers d'un voile déchiré, et sont plongés aussitôt dans de profondes ténèbres.

Le tonnerre vient enfin éclater sur les sommets de Tabe, avec un bruit effroyable. Des torrens de grêle et de pluie roulent des flancs de la montagne et entraînent dans les ravins tout ce qui s'oppose à leur passage.

Adon et Cécile avaient à peine quitté le rocher *de l'Adieu ;* ils ne voyaient plus auprès d'eux que quelques pélerins tardifs, qui se jetèrent avec effroi dans la forêt. Les deux amans suivirent la même route, et cherchèrent pendant quelque-temps à se défendre de l'orage sous les rameaux des plus vieux sapins ; mais la crainte d'être surpris par la nuit les remit en marche. — Adon coupa de jeunes branches de ces arbres, et, les tressant ensemble, il en fit une espèce de bouclier dont il couvrit la tête et, les épaules de Cécile. Ils marchaient lentement sous cet abri léger et mal tissu, qui tenait leurs mains occupées. Leurs pieds glissaient sur les rochers lavés ou dans la boue liquide.

Autour d'eux, d'antiques arbres déracinés par les torrens, ou frappés de la foudre, tombaient en se brisant, et leurs rameaux desséchés volaient en éclats.

A l'issue de la forêt, un rocher couvert de mousse et de lierre formait une caverne peu profonde, ouverte vers le midi. Adon y reconnut une de ces retraites que la nature semble avoir préparées pour les pâtres, lorsqu'ils habitent les montagnes. De la paille, des feuilles de sapins, des fragmens de bois sec, lui firent juger que cette habitation avait été occupée et délaissée depuis peu de temps. Il eût voulu y retenir Cécile jusqu'à la fin de l'orage ; mais trois lieues restaient à faire avant d'atteindre seulement les murs de Tarascon, et la nuit approchait.

Les amans résolurent d'affronter les hasards du voyage.

L'embarras fut extrême, quand il fallut passer le torrent qui descend dans l'Ariège, auprès d'Albies. L'eau profonde et rapide entraînait avec elle les débris des forêts. Un arbre mort, maintenu en travers par ses racines et son branchage, formait entre les deux rives un pont fragile et hasardeux. Cécile, moins prudente, ou plus empressée, ose prendre cette route. Elle appuie un pied hardi sur l'écorce mousseuse. Dès le second pas, le tronc vermoulu se rompt et est emporté par les flots. Cécile, en tombant, s'attache aux racines; Adon se précipite dans l'onde écumeuse; il la surpasse en vîtesse par le mouvement de ses bras et de ses pieds, saisit le tronc qu'embrasse encore Cécile, le repousse vers le bord, et l'y retient en s'accrochant à un rocher qui s'élève au-dessus des eaux. Cécile fait un effort et parvient à se dégager. Elle se traîne sur la roche du rivage, et, fixant sa main gauche dans l'une de ses fentes, elle tend la droite à Adon, qui, fort de cet appui, s'élance sur l'arbre et de là sur la rive. La tige abandonnée devient le jouet des eaux et s'engouffre avec elles dans une chûte peu éloignée.

Il fallut renoncer au projet de franchir le torrent ; les forces de Cécile étaient épuisées. Dès qu'Adon fut hors de danger, elle se trouva prête à s'évanouir. Adon la prit dans ses bras, et suivit péniblement le chemin de la caverne qu'il avait remarquée à l'issue de la forêt. Les gouttes redoublées de la pluie qui frappaient le visage de Cécile remirent en mouvement ses sens engourdis. Elle recouvra un reste de vigueur, et, appuyée sur Adon, ils parvinrent enfin au lieu qu'ils cherchaient.

L'orage en ce moment sembla redoubler sa violence, comme pour faire mieux sentir aux deux amans le prix de l'asile où ils se trouvaient en sûreté.

Adon se hâte de tirer de sa ceinture l'acier, le caillou et l'agaric qu'il tenait enfermés dans une boîte de fer, pour les préserver de l'humidité. Il rassemble des copeaux de bois épars dans la caverne, les réunit sur une poignée de paille sèche, et fait jaillir de l'acier des étincelles qui se fixent sur l'agaric. Ce feu lent et obscur, excité par son souffle, se communique à la paille qui pétille et s'embrase.

La caverne est bientôt pénétrée d'une chaleur vive et bienfaisante. Lorsqu'Adon et Cécile eurent fait sécher à-demi leurs cheveux et leurs vêtemens, Adon tira de sa panetière quelques alimens qui y étaient restés et que l'eau avait imbibés. Ils les partagèrent entre eux, après avoir bu quelques gouttes d'un vin béarnais, qui se trouvait dans l'outre du pélerin. Adon dit alors à Cécile : « Que nous importe l'orage ? Qu'avons-nous à craindre de toutes les fureurs de l'enfer ? Nous sommes ensemble ; la vierge du ciel a reçu nos sermens et elle nous a retirés des eaux du torrent ? »—« Sans doute, » répondit Cécile, « nous sommes faits pour vivre réunis et pour suffire l'un à l'autre, puisque la Providence nous a sitôt séparés du reste des hommes. » — « Pourquoi, » reprit Adon,

« ne pas faire volontairement et par inclination ce que la nécessité exige maintenant de nous ? » — « Si ma mère y consent, » répliqua Cécile, « et si je puis te donner ce nom d'époux que mon cœur t'a voué, je ne veux plus me séparer de toi, et, pour te suivre dans les camps, j'emprunterai les habits de ton sexe. » — Pendant cet entretien, Adon pressait les mains de Cécile, il les couvrait de baisers ; il la serrait dans ses bras et les ouvrait subitement comme s'il eût senti la flamme pénétrer ses vêtemens. Plusieurs fois il osa approcher son visage de celui de Cécile. Il vit ses yeux humides distiller quelques larmes qu'il recueillit sur ses joues, et dont il suça la liqueur salée. Il respira sa douce haleine, et, au moment où ses lèvres brûlantes touchèrent les lèvres de Cécile, ils défaillirent l'un et l'autre, sans voix et sans mouvement. Lorsqu'ils furent revenus de leur extase : « Quel est donc ce charme de l'amour, » dit Adon, « pour que nous ne puissions pas y suffire, et que l'excès du plaisir soit si voisin de la mort? » — « Je ne sais, » répondit Cécile, « mais je crains que cet asile ne devienne notre tombeau. Les délices que j'éprouve dégénèrent en tourmens. Peut-être sommes-nous sous le poids de quelque grande faute. Notre union n'est point consacrée par nos parens et par l'Église. Si elle était pleinement légitime, nous goûterions sans doute des plaisirs plus parfaits, et non une volupté voisine de l'agonie. »

« Tu m'éclaires, » dit Adon ; « les supplices que j'éprouve ne se peuvent définir, et il me semble être en proie aux démons, en présence du paradis. Renouvelons nos prières, demandons à Dieu qui veille sur nous, qu'il envoie le sommeil à nos membres fatigués, qu'il nous accorde ensuite de revoir nos parens et d'obtenir d'eux cette union tant désirée. »

La nuit avait déjà couvert les montagnes de ses voiles, et l'orage s'était calmé. Après une courte et ardente prière, Adon disposa de son mieux la paille et le feuillage de sapin qui jonchaient la cabane, pour en faire un lit à Cécile. Il ajouta au feu qu'il avait allumé quelques branches pour l'entretenir, et se plaça lui-même au point le plus éloigné de la couche de son amie. L'un et l'autre avaient besoin de repos. Cécile succomba la première et la main pesante de Morphée ferma ses yeux.

Adon jouit pendant quelque moment du charme de la contempler, et tomba ensuite dans un sommeil profond.

Les Songes légers entrèrent dans la caverne; ils faisaient passer leurs tableaux changeans et fugitifs devant les yeux de nos amans endormis. Ils les conduisaient à l'autel et dans la maison de leurs pères, sur l'émail des prairies et dans les champs de bataille.

Avant la fin de la nuit, l'Amour voltigeant dans les airs, secoua ses ailes à l'entrée de la caverne et les Songes lui obéirent. Des images nouvelles vinrent frapper

et enflammer la pensée errante d'Adon.
Que dirai-je ? Tous les mystères de l'a-
mour et de l'union des sexes lui furent
révélés. Il s'éveilla en proie à des émo-
tions enivrantes qui disparurent avec le
sommeil.

Les rayons de la lune plongeant dans la
caverne frappaient le visage de Cécile, et
semblaient aspirer de ses lèvres le souffle
embaumé de son haleine (8). Adon voulut préserver son amie des clartés trop
vives de l'astre nocturne. Il s'approcha
d'elle et devint immobile à l'aspect de
tant de charmes. Les images de son sommeil viennent l'assaillir ; il voit le sein de
Cécile s'agiter sous le lin qui le couvre.
Quelques sons inarticulés échappés de sa
bouche lui font croire que ses esprits sont
maîtrisés par un rêve, pareil à celui
dont les souvenirs le tiennent embrasé. A
cette pensée un tremblement le saisit. Ses
genoux fléchissent, et il tombe aux pieds
de Cécile, qui se réveille.

N'allons pas plus avant, ô Muse ! et

n'essayons point de décrire ce qui est au-
dessus de nos paroles. Que des poètes las-
cifs trempent leurs pinceaux dans les couleurs de la volupté pour exprimer l'ivresse
de leurs sens et leurs plaisirs d'un jour;
les sensations de bonheur que la nature
enseigne à l'innocence par l'entremise de
l'amour, n'ont point été connues de ceux
qui ont cru pouvoir les peindre dans leurs
vains récits.

Adon et Cécile furent instruits par la
nature ainsi que nos premiers parens Adam
et Ève, qui, créés l'un pour l'autre, se rencontrèrent dans un bocage d'Éden, et n'en
sortirent point sans avoir appris d'eux-
mêmes tout ce que le besoin de s'aimer
et de mettre sa vie en commun peut enseigner aux créatures humaines (9).

Les dons de Dieu ont été corrompus,
des voluptés grossières ont séduit la foule
des hommes; les organes de l'amour ont
été prostitués comme ceux de la pensée:
mais quelle que soit la dégradation où peut
tomber l'espèce humaine, on reconnaît

t toujours son origine céleste à deux signes
b éclatans, réservés à un petit nombre d'élus.
) Ces signes sont la hauteur des pensées et
I les délicatesses de l'amour.

~~~~~~~~~~~~~~~~~~~~~~~~~~~~~~~~~~~~~~

LIVRE TREIZIÈME.

Le bon Pasteur.

LE sommeil avait mis un terme au dé-
lire des deux amans; l'aurore les trouva
encore endormis. La nuit toute entière
semblait n'avoir été pour eux qu'un songe.

Les premiers rayons du soleil réveillè-
rent Adon. Dans le trouble de ses pensées,
il ne sait à quoi attribuer les souvenirs
dont son ame est remplie, et se demande

s'il n'a été heureux qu'en rêvant ; si son
réveil pendant la nuit n'a pas été une se-
conde illusion. Il remarque, cependant,
que sa première couche est déserte, et,
se voyant auprès de Cécile, la crainte de
troubler son repos, suspend son haleine.
Il se lève silencieusement, et se plaçant à
l'entrée de la caverne, le coude appuyé
sur un rocher, tantôt il contemple la
vallée herbeuse qui est sous ses pieds, les
noires forêts d'où s'exhalent les vapeurs du
matin, et les montagnes couronnées de
neige qui bordent l'horizon ; tantôt, et
plus souvent, il dévore des yeux les traits
de son amante encore livrée au sommeil.

Bientôt cet aspect rallume en lui un
feu nouveau ; craignant de céder aux transports qui le possèdent, il s'écarte de la
caverne et erre à l'entour, absorbé dans
ses souvenirs et ses pensées. « Qu'ai-je besoin, maintenant, » disait-il, « de chercher
les combats et les divers emplois de la
vie humaine ? Tout m'est connu, ma destinée est accomplie, vivre avec Cécile est

tout ce qu'il me faut. Que seraient pour
moi les jours et les nuits si je devais être
séparé d'elle ! Les délices dont j'ai été eni-
vré ne peuvent être un indice trompeur.
Je sais que Cécile est une portion de moi-
même. Nous n'étions rien l'un sans l'autre,
et voilà pourquoi notre union a été le
signal de tant de voluptés inespérées. Cette
union nous a fait sortir de cette vie vulgaire si insipide, si stérile, pour nous
faire entrer dans un vrai paradis..... Je ne
sais si dans cette vie nouvelle les besoins
communs à l'espèce humaine doivent
nous suivre ; s'il faudra songer à se préserver de la faim, de la soif, du chaud
et du froid.... Eh bien ! s'il en est ainsi,
c'est à moi que ces soins appartiennent.
Je serai le protecteur, le pourvoyeur de
Cécile, et tous les momens de ma vie qui
ne seront pas consacrés à lui exprimer
mon amour, à lui prodiguer mes caresses,
se trouveront remplis par les soins dus à
sa nourriture et à son habillement.

« Pourquoi ne pas nous faire ensemble

une retraite isolée, où, séparés du reste
des humains, nous vivrons l'un pour l'autre, sans réserve, sans interruption ? Il
faut qu'ils s'aiment bien peu les êtres qui,
se croyant réunis par les conventions sociales, livrent volontairement tous leurs
momens aux occupations vulgaires et aux
fades plaisirs qu'on trouve dans les villes ! »

La rêverie d'Adon fut interrompue par
des gémissemens qui semblaient venir de
la caverne. Il y retourne à pas précipités,
et voit Cécile à genoux, prononçant des
prières et fondant en larmes.

« Adon ! est-ce toi ? » dit Cécile, en
le voyant, « je croyais la punition de ma
faute plus grande et plus prompte.... Je
n'espérais plus te revoir !

« Je ne sais quel malin esprit est venu
m'annoncer que tu serais à jamais perdu
pour moi ; qu'un grand crime s'était commis entre nous, et qu'il serait puni comme
celui d'Adam et d'Ève, que ce fruit, cueilli
avec violence et sans la permission divine,
nous serait ravi pour toujours. Je me suis

réveillée dans l'effroi que me causaient ces
terribles paroles. Je vois bien qu'elles ne viennent pas de Dieu, car Dieu ne ment point
et je te vois.... Tu ne m'as pas quittée, tu
ne m'es point ravi. Tu ne me le seras jamais
sans que la mort, venant fermer tes yeux
et les miens, éteigne avec nous nos regrets. »

« O Cécile ! » dit Adon, « juge si nos
cœurs s'entendent, et s'ils sont faits pour
être à jamais réunis ! Je me suis éloigné
de toi un instant, et l'esprit malin s'est
mis à te tourmenter. Va ! je serai désormais ton ange gardien ; notre vie a commencé maintenant. Vois quelles délices
nous sont promises !...... Tu ne désirais
qu'Adon, je ne voulais que Cécile ; mais
à présent que la Providence nous a réunis,
ne te semble-t-il pas avoir changé d'être et
de nature ? Avais-tu conçu l'idée des plaisirs attachés à cette vie dont l'amour est
l'aliment, et ce monde te paraît-il encore
le même ? Pour moi, il me semble en être
devenu le roi, le seul propriétaire, de-

puis que je te possède. — Ces vallées, ces forêts, ces horizons diversement colorés, ce soleil éclatant, ne me semblent créés que pour embellir la demeure de l'épouse à qui je rapporte tout ce que je vois, tout ce que je sens, tout ce que je suis. »

Cécile, essuyant ses pleurs, répondit à Adon : « Je crois éprouver tout ce que tu éprouves : mais une terreur secrète s'est emparée de moi ; nos cœurs sont innocens et je ne sais si notre vie est sans reproche. D'où est venu ce changement soudain qui s'est fait en nous ? Tous les enseignemens qui ne viennent pas de nos parens, ou des ministres de la religion, ne peuvent venir que d'une source suspecte et trompeuse. Je crains que le démon n'ait lui-même préparé ces voluptés pour nous faire entrer dans la voie ténébreuse du péché, comme il y conduisit nos premiers pères. »

« Oui, » dit Adon, « et tu me rappelles le refrain d'un chant célèbre du vieux troubadour Gévaudan (1). »

« Que dit ce refrain ? » demanda Cécile.

« Il dit, » répondit Adon, « que le père du genre humain ne prit la pomme que parce que la saveur du péché est d'une douceur infinie. »

« Nous ignorons toutes choses, » reprit Cécile, « et peut-être sommes-nous menacés des plus grands malheurs ; mais Dieu ne nous abandonnera pas, si nous avons recours à lui. Quoique la vierge ait reçu nos sermens, l'Église ne nous a pas encore unis. Des idées confuses, des souvenirs imparfaits, me portent à croire que tout ce que nous avons éprouvé n'est permis qu'aux époux consacrés devant l'autel. Je n'ai qu'un désir maintenant, c'est d'aller me prosterner aux pieds de mon pasteur, de lui révéler tous les mystères de cette nuit, de demander ses conseils, et, s'il le faut, son pardon. »

Adon répondit : « Je partage tous tes vœux et même tes pressentimens. Une lumière nouvelle est entrée dans mon esprit par l'effet de tes paroles. Je commence aussi à craindre, mais notre innocence me rassure. Dieu ne peut vouloir que ses créatures soient aussi facilement le jouet du démon. S'il lui laissait la faculté d'inventer des délices pareilles à celles de notre amour, que lui resterait-il à donner lorsqu'il voudrait lui-même achever le bonheur des enfans qu'il chérit et qui l'adorent ? Partons sans retard ; que le vénérable Philibert entende nos aveux et nos promesses ; qu'il juge de nos actions, et qu'il unisse devant Dieu ce que Dieu a déjà uni par des penchans invincibles. »

Les jeunes amans quittèrent aussitôt la roche qui leur avait servi d'asile. Ils parcoururent d'un pied léger le sentier tortueux qui sépare les pentes d'Appi de celles du vallon de Bompas. Ils arrivèrent auprès du village avant que le soleil eût atteint la moitié de sa course. L'approche des lieux habités ralentit leur marche. Ils se regardèrent et éprouvèrent quelque embarras. Cécile dit à Adon : « Il convient de nous séparer ; je sens que je redoute les regards de nos voisins, et que je les craindrais da-

5.

vantage s'ils nous voyaient ensemble. J'irai
la première trouver Philibert, et lui faire
mes aveux, tu viendras après moi, et il
nous entendra en commun. »

Adon ne répliqua point; il se sentit le
cœur serré et se mit à rôder dans un bois
de châtaigniers, suivant des yeux Cécile qui
descendait au village d'un pas mal assuré,
en détournant la tête à chaque instant.

Dès qu'elle eut touché aux premières habitations, elle hâta sa marche vers le temple, et, après une courte prière, elle fit
demander un entretien au pasteur. A peine
avait-elle achevé le récit dont le fardeau
pesait sur son cœur, qu'Adon arriva, et
se jetant aux pieds de Philibert : « Mon
père, » lui dit-il, « décidez de ma vie ou
de ma mort, et, si je suis coupable, ne
m'imposez pas une autre peine que celle
de mourir, car je ne saurais supporter la
vie sans Cécile. »

Philibert fut attendri, quelques larmes
coulèrent sur ses joues vénérables et hu-
mectèrent sa barbe que les années com-

mençaient à blanchir. Il releva ses jeunes pénitens, et les fit asseoir auprès de lui.

« Votre faute est grande, » leur dit-il, « cependant elle n'est point un crime, puisque votre cœur est innocent. Vous seriez sans reproche, si les hommes que Dieu a créés avaient été abandonnés à eux-mêmes ; mais son amour paternel ne s'est pas borné à les produire, il a voulu qu'ils fussent éclairés par ses conseils et dirigés par ses préceptes. Vous avez ignoré ces préceptes, et vous les avez violés ; un profond repentir peut seul expier cette offense. Il faut que ce repentir donne la preuve manifeste que si vous aviez connu les ordres divins, vous vous seriez abstenus de les enfreindre. »

Après s'être recueilli un moment, il ajouta : « Votre imprudente jeunesse a blessé les lois de la société, non moins que la loi divine ; mais l'union à laquelle vous aspirez peut modérer cette offense, et en effacer la trace aux yeux des hommes. Sur ce point, votre impatience se trouve d'accord avec les règles établies par les bienséances sociales et la morale publique. Je ne veux apporter aucun retard à l'accomplissement de ce devoir et à celui de vos desirs. Préparez-vous aujourd'hui par la prière à recevoir la sanction divine de votre union anticipée, et demain cette union sera consacrée devant Dieu par mon ministère. Mais retenez mes paroles, et n'oubliez pas ce que Dieu exige de vous en signe de repentir. Vous passerez six mois entiers séparés l'un de l'autre, et vous implorerez chaque jour, par une fervente prière, le pardon de l'offense que vous avez commise. »

Adon et Cécile n'avaient jusqu'alors osé lever les yeux de dessus terre ; ils se regardèrent, la peine et le plaisir se peignaient à la fois dans leurs regards. Ils se prosternèrent de concert devant le vénérable pasteur, et lui exprimèrent en commun leur repentir, leur gratitude du bienfait immense qui leur était promis, et leur résignation à subir la peine qu'ils avaient encourue.

Philibert les bénit, les releva, et leur

prescrivit les devoirs qu'ils avaient à remplir jusqu'au moment de leur union.

Une rumeur sourde et interrompue s'était fait entendre depuis quelques momens. Le bruit s'accrut bientôt, et des clameurs firent retentir distinctement ces mots : « Aux armes, aux armes ! »

Un paysan arrive effaré devant le ministre. « Vous êtes menacé, » lui dit-il, « les routiers marchent sur nous, ils ont mis le feu à l'église de Mercus (2), et seront ici avant la fin du jour. Hâtez-vous d'éviter leur approche, et cherchez avec nous un refuge à Tarascon. »

« Je ne quitterai point le troupeau et l'église que Dieu m'a confiés, » répondit Philibert; « je me repose de tout ce qui peut arriver sur sa toute puissance et sa bonté. »

Il ordonna ensuite au paysan de partir en toute hâte pour Tarascon, d'y prévenir les consuls du malheur qui menaçait la contrée et de leur demander du secours. Puis il dit à Cécile : « Allez rejoindre votre mère ; elle est sans doute inquiète de votre absence, votre arrivée la consolera des nouveaux dangers qui nous sont annoncés. »

Ensuite s'adressant à Adon : « Vous, restez avec moi; nous réunirons nos efforts pour conjurer l'orage qui s'approche. Peut-être Dieu a-t-il voulu mettre à l'épreuve la prudence de mon âge, et la vigueur du vôtre. Je sais, « ajouta-t-il, « que Raimbaud votre père est au fond de son ame l'ennemi de la croisade. Je sais aussi que ses motifs partent d'une ame élevée, amie de la justice et de la vérité. Peut-être, sans mes conseils et mes ardentes prières, serait-il maintenant séparé de l'Église catholique; mais il en est encore le digne fils, et puisse le ciel le préserver toujours de l'erreur et des amertumes qu'elle traîne à sa suite ! Je n'ai pas été aussi heureux auprès de tous les habitans de ce hameau ; les nouvelles doctrines en ont séduit plusieurs. Leur zèle aveugle pour l'évangile leur a fait croire qu'ils pouvaient eux-

t mêmes s'ériger en interprètes de ce livre
: saint, et ils ont rejeté comme superstitieuses
. les institutions qui ne sont pas clairement
énoncées par la parole divine. J'ai fait de
vains efforts pour les préserver de cette
erreur fatale à leur repos, malheureusement bien moins pardonnable aux yeux
des hommes, qu'aux yeux de celui qui lit
dans les cœurs. J'ai su du moins conserver leur estime et leur attachement. Ils n'ont
pas voulu que je cessasse d'être leur pasteur et leur ami. C'est moi qu'ils ont choisi
pour leur expliquer cette morale évangélique qui est l'objet de leur amour, et je
dois avouer que leur conduite est bien
plus exemplaire que celle de mes paroissiens les plus orthodoxes. Je n'ai pu les résoudre à venir prendre part aux prières
communes. Ces images qui décorent notre
temple, nos symboles mystérieux, l'autel
lui-même, leur paraissent des monumens
d'idolatrie, des restes d'une religion que
l'évangile (3) a dû mettre en fuite. Ils se
réunissent dans la maison d'Hilaire, avant

le coucher du soleil. Là, je suis au milieu d'eux, comme le matin au milieu de ceux qui sont restés fidèles à la foi romaine. Je leur prêche la concorde, l'amour du prochain, la pratique des vertus et des devoirs prescrits par un Dieu de paix et de charité. A l'église, au prêche, ma pensée, ma doctrine, sont les mêmes ; je me sens animé de l'esprit qui a fait descendre un Dieu sur la terre pour enseigner aux hommes à s'aimer entre eux, et je suis ainsi, sans interruption, le ministre et le missionnaire de J.-C. (4). — Allez trouver Hilaire, il est l'ami de Raimbaud, aidez-le à rassembler les bons hommes du village et des environs, qu'ils aillent tous ensemble porter des paroles de paix à ces dévastateurs qui nous menacent. Unis à eux par une même doctrine, une même croyance, ils parviendront peut-être à les désarmer et à préserver d'une ruine certaine leurs voisins, leurs amis, leurs frères, avec lesquels je suis résolu de périr. »

Pendant tout ce discours, Adon était

agité de mille pensées : « Ange de paix ! » dit-il au pasteur de Bompas, « votre sort sera le mien, les bons hommes feront un rempart autour de vous ; les routiers entendront les vœux, les supplications de leurs frères, et si, dans leurs fureurs, ils étaient sourds à la voix de l'Évangile, nous saurons défendre nos foyers, notre pasteur, et Dieu sera avec nous. »

Cependant les sons lugubres de la cloche avaient répandu l'alarme dans tous les environs. Les catholiques effrayés se renfermaient dans leurs asiles les plus secrets, ou s'enfuyaient dans les forêts voisines. Les bons hommes, plus inquiets qu'épouvantés, se réunissent à la maison d'Hilaire. Ils ne forment qu'un vœu, celui de préserver leur village et leur père commun de la fureur fanatique.

Adon arrive dans leur assemblée. « Qu'attendons-nous ? » dit-il à Hilaire ; « les momens sont précieux, hâtons-nous de prévenir le mal avant qu'il nous atteigne. »

« Si ton père, » lui répondit Hilaire, » si le sage Raimbaud était avec nous, il serait notre chef et notre organe. Sa voix persuasive ferait tomber des mains de ces furieux les armes et les torches dont ils menacent nos frères : mais tu nous accompagneras; ton nom et ta jeunesse serviront notre cause, et fléchiront la colère des routiers. »

« Ce n'est pas seulement par des prières, » reprit Adon, « qu'il faut les attaquer; notre devoir est de défendre nos foyers au prix de notre sang. Les routiers se sont armés pour soutenir des doctrines que nous approuvons; mais il ne faut pas qu'au nom de ces doctrines ils puissent impunément porter le fer et la flamme dans nos villages et nous contraindre à verser le sang de nos frères. Armons-nous, présentons-nous aux routiers comme des auxiliaires, s'ils veulent combattre pour la cause de Dieu contre les ennemis de notre prince : mais ne souffrons pas que la loi de charité soit violée envers nos parens et nos concitoyens, envers ceux qui ne font avec nous qu'une même famille. »

Ce discours d'Adon enflamma tous les esprits ; chacun courut aux armes. Dans la rumeur de tous ces mouvemens, les catholiques reprennent courage, et plusieurs se disposent à se joindre aux bons hommes. D'autres, plus craintifs, fournissent les armes qui étaient en réserve dans leurs maisons. Les vieilles lances, les hâches à deux tranchans à-demi couvertes de rouille, des javelots dont la hampe était sillonnée par les vers, furent déposés sous le grand ormeau de la place commune. Ces instrumens meurtriers furent distribués aux plus forts, aux plus aguerris ; les fourches, les broches, les coûtres de charrue servirent à armer les moins expérimentés. Les chasseurs d'isards remplirent leurs carquois de flèches légères, et marchèrent tenant leurs arcs à la main.

La troupe se mit en marche. Quatre vieillards et le jeune Adon la précédaient.

L'un des vieillards portait en guise de bannière le livre des Évangiles.

Arrivés à la hauteur qui domine le village de Mercus, les hommes armés s'arrêtèrent et se formèrent en bataille. Les vieillards et Adon s'avancèrent seuls vers le village. Les flammes achevaient de dévorer le presbytère, et le toit de l'église, qui s'était écroulé dans l'enceinte de ces murailles enfumées. On n'entendait d'autres clameurs que des chants religieux. Les incendiaires encore chargés de leurs armes, rangés sur plusieurs files, marchaient autour des édifices embrasés, et chantaient des pseaumes en langue vulgaire. Ils répétaient fréquemment ce verset : « Levez-vous, Seigneur, et vengez votre cause (5) ! »

Les catholiques romains s'étaient enfuis avec leur curé, et les partisans de la réforme albigeoise s'étaient joints aux sectaires armés. Cyrille Jourdain, chef de ces fanatiques, était encore dans la force de l'âge ; une étoffe de laine grossière et brune lui servait de vêtement. Une corde ceignait ses reins; des sandales informes couvraient à peine ses pieds. Sa longue chevelure était éparse sur ses épaules; une barbe noire cachait son menton et ses joues. Des sourcils épais ombrageaient ses yeux farouches et hagards. Fils de ce Ponce-Jourdain, qui avait soutenu pendant vingt ans plusieurs colloques avec les envoyés du pape, la carrière des armes avait occupé sa jeunesse sans le distraire des passions de la controverse. Il joignait à la férocité que donnent les habitudes du carnage, tout l'emportement qu'inspirent les ardeurs de la controverse.

Dès qu'il vit s'approcher les vieillards de Bompas : « Qui êtes-vous ? » s'écria-t-il ; « sommes-nous amis ou ennemis ? N'êtes-vous pas du nombre des enfans de cette mère de fornication, de cette prostituée romaine, qui s'enivre du sang des saints et des martyrs de Jésus-Christ. »

« Nous sommes, » dit Hilaire, « au nombre de vos frères. La lumière évangélique a pénétré jusqu'à nous; nous avons abjuré l'idolâtrie de Rome, et renoncé au joug de ses légats tyranniques ; mais nous vivons en paix avec ceux de nos frères que Dieu n'a pas comblés des mêmes grâces. Telle est l'influence du prince qui nous gouverne, que sa protection étant assurée à tous, la vérité fait des progrès journaliers parmi nous, et que l'erreur s'évanouit d'elle-même. La vérité ne s'établit jamais par les passions et les violences ; l'Évangile ne peut triompher que par les moyens et les préceptes qu'enseigne l'Évangile. »

« J'entends, » dit Cyrille, « vous êtes de ces chrétiens faibles et méticuleux qui cherchent les voies du ciel dans les pratiques oiseuses et faciles ! Sachez que Dieu désavoue ces amitiés mitigées et imparfaites. Il veut qu'on se lève avec lui, et se déplaît dans ces ménagemens. — Il est écrit que la guerre doit être implacable entre Jérusalem et Babylone (6). »

Ce colloque avait fait cesser les chants des incendiaires. Ils s'étaient réunis auprès

de leur chef, et recueillaient avidement
ses paroles. »

« Nous ne sommes pas venus, » reprit
Hilaire, « entreprendre une controverse
avec des frères dont la doctrine est la
nôtre, et qui ont pour ennemis nos ennemis. Nous savons que les légats de Rome
ont donné l'exemple des violences et des
dévastations. Que le mal retombe sur la
tête de ses auteurs! Mais ce n'est pas dans
nos paisibles vallées que vous avez à les
chercher. Sous la domination paternelle
du comte de Foix, la furie romaine a
perdu ses ongles et ses dents. Les supers-
titions ont fait place aux vérités et aux
règles évangéliques. S'il existe encore parmi
nous quelques hommes trompés, nous ne
pouvons oublier que nous avons été nour-
ris avec eux; que nous avons, dans leur
nombre, des parens et des amis, que leur
conduite est irreprochable, et qu'enfin
Dieu nous prescrit de les plaindre et de
les aimer (7). « Que gagnerions-nous, » ajouta-t-il, « à suivre une marche opposée ?

Quel serait le fruit de notre désobéissance à notre prince et à Dieu lui-même ? Nous mettrions la discorde où la paix se trouve. Nous ferions naître dans le comté de Foix deux partis, au lieu qu'il n'y en a qu'un, qui est celui de la vérité, qui est le vôtre. Nous irriterions notre maître, celui des seigneurs de l'Occitanie qui s'est le plus dévoué à notre cause. Nous le porterions peut-être à se jeter dans le parti des croisés, et à nous livrer à cet horrible tribunal, que l'inspiration du démon a fait inventer à l'évêque Foulques et au moine Dominique.

« Je ne vous le dissimule pas, si vous persistez à pénétrer plus avant dans la vallée, sachez que l'incendie de Mercus a fait prendre les armes à tous les habitans, et qu'ils défendront leurs foyers comme si vous étiez leurs ennemis. Les villageois d'Arnave et de Bompas occupent déjà les hauteurs voisines. En avant de Tarascon se réunissent tous les hommes d'armes et les bourgeois de Saurat. Les mineurs de Sem et les forgerons de Vic-Dessos sont prêts à les joindre; tous bons hommes, tous vos frères, tous disposés à se mêler à vos embrassemens ; mais déterminés à disputer leurs passages contre ceux qui voudraient apporter dans leur pays les fléaux de la guerre. »

Cyrille allait répliquer, il fut prévenu par l'un des siens. « Cyrille, » dit-il, « et vous, mes camarades, le discours de ce vieillard me dessille les yeux ; nous avons peut-être commis une erreur et une offense en portant la guerre dans les terres du comte de Foix. C'est notre ami, notre soutien, nous sommes loin de vouloir l'insulter. Qui nous a mis les armes à la main, si ce n'est la tyrannie de cet exécrable Guy de Lévis, qui se dit le maréchal de la foi, parce qu'il est le bourreau des fidèles ? Revenons sur nos pas, rallions à notre troupe tous ceux qui, dans cet heureux pays, se sentiront enflammés du zèle de la maison du Seigneur, et portons la guerre là où sont nos ennemis. »

Adon prit alors la parole : « Soldats de l'Évangile ! ne méprisez pas ma jeunesse. Raimbaud de Montaillou ne peut être inconnu à des hommes qui ont secoué la tyrannie de Guy de Lévis.

« Je suis le fils de Raimbaud, et ce que j'ai à vous apprendre doit fixer vos incertitudes. Le comte Roger rassemble ses troupes, mon père est allé le joindre ; un grand coup se prépare ; sans doute, il s'agit de délivrer le vieux comte de Toulouse, que le fils de Montfort et les évêques tiennent assiégé. Allons offrir nos bras et nos armes au comte Roger ; que son armée, toujours redoutable par la discipline et le courage de ses guerriers, soit accrue de tous les moyens que peuvent fournir le zèle religieux, et l'ardeur du martyre. Dieu ne refusera pas sa protection à ceux qui mettent en lui leur confiance. »

Un murmure favorable accueillit le discours du jeune Adon. On vit même sourire le farouche Cyrille.

« L'esprit de Dieu est avec toi, » dit

dit-il au fils de Raimbaud ; « nous marche-
rons où la gloire de son saint nom ap-
pèle ses serviteurs ; viens toi-même avec
nous. L'élite de nos guerriers sera sous tes
ordres ; les conseils de ton père et le sang
qui coule dans tes veines peuvent suppléer
à l'inexpérience. Sois parmi nous comme
un autre David, et les Philistins tomberont
sous nos coups. »

Adon répondit aussitôt : « Mon père
m'attend sous les murs de Foix. Un devoir sacré me retient encore un jour au
hameau ; mais demain avant le coucher du
soleil, je jure d'être ici de retour. Je pren-
drai parmi vos guerriers la place qui
me sera assignée par Dieu et par votre
choix. Je m'enorgueillirai de présenter à
mon prince, au lieu des secours d'un enfant, un puissant renfort d'auxiliaires
dévoués à la cause de la justice et de la
vérité. »

Adon et les vieillards se retirèrent et
ramenèrent avec eux les hommes armés
qui attendaient leur retour. Ils firent par-

tir des exprès pour rassurer les villages voisins, et pour annoncer la réunion prochaine des routiers avec l'armée du prince.

Le pasteur de Bompas reçut Adon dans ses bras. Hilaire lui fit le récit de ce qui s'était passé à Mercus.

Philibert soupira : « Puisse le Ciel, » dit-il, « nous conserver un prince qui laisse à chacun la liberté d'adorer Dieu selon sa conscience ! Nous sommes nés ses sujets, nous devons le suivre dans les combats; celui qui résiste au prince résiste à l'ordre établi par Dieu même (8). »

Adon acheva le reste de la journée dans les exercices pieux qui lui étaient prescrits. Il envoya un messager à sa mère pour la rassurer sur son absence et l'informer des évènemens de Mercus. Il en prit prétexte pour retarder son retour au lendemain.

Cécile et lui avaient adopté le projet de tenir leur union secrète jusqu'à ce qu'elle fût irrévocable, tant ils redoutaient qu'un empêchement quelconque ne vînt la retarder! Le lendemain, avant le lever du soleil, Philibert reçut au pied de l'autel leurs sermens réciproques, et accomplit leur union par la bénédiction nuptiale.

« C'est » dit-il, « Dieu qui vous unit, il n'appartient plus aux hommes de vous séparer (9). »

~~~~~~

LIVRE QUATORZIÈME.

La Mésalliance.

ADON était allé rejoindre sa mère; il s'était jeté dans ses bras, et, tombant à ses genoux, lui avait fait le récit de son pélerinage, puis de son étrange et aventureuse métamorphose. Après avoir obtenu le pardon de Dieu, il n'avait pas douté un moment d'obtenir celui d'une mère aussi tendre.

Aliénor fut d'abord stupéfaite; elle croisa ses mains, leva les yeux au ciel, et ne pouvait revenir de sa douloureuse surprise ; puis, voyant le pauvre Adon interdit et fondant en larmes, elle le reçut dans ses bras et pleura avec lui. « Ce que Dieu a voulu, » dit-elle, « les hommes n'ont pu l'empêcher. »

Après un tendre entretien dont les momens étaient comptés, Adon reçut ses bénédictions et ses adieux.

Il revint à Bompas revêtu de son armure, suivi d'un seul varlet chargé du soin de son bagage, et trouva Cécile auprès d'Ermessinde. Elles pleuraient. « O ma mère ! » dit-il en se prosternant aux pieds d'Ermessinde, « Dieu me l'a accordée ; mais je veux la devoir à vous-même. Un vœu solennel me tient séparé d'elle pendant six mois ; après ce terme, c'est de vos mains que je recevrai mon épouse. »

— Puis se relevant, il dit à Cécile : « Je te possède, Cécile, mais il me reste à te mériter. Que ta pensée me suive dans les combats, elle me guidera toujours aux sentiers de l'honneur. »

Ensuite il s'arracha de leurs bras et se dirigea vers Mercus où la troupe de Cyrille l'attendait. Elle se mit en marche et arriva sous les murs de Foix à l'entrée de la nuit. Cyrille et Adon demandèrent à être présentés au comte. On les introduisit au château.

« Prince, » lui dit Adon, « je suis le fils de votre fidèle Raimbaud de Montaillou ; je pensais arriver seul auprès de vous, mais la Providence a voulu que mon secours fût plus efficace. Une troupe de zélateurs de la foi était entrée dans votre territoire pour y poursuivre les ennemis de Dieu ; elle vient avec moi pour accomplir son but, en obéissant à vos ordres. Voici son chef, c'est Cyrille Jourdain. »

« Nous sommes, » dit Cyrille, « des hommes persécutés et fugitifs, du pays de Mirepoix, mais notre fuite est celle du lion. Je sais qu'on nous appelle du nom infame de routiers et briseurs. Non, nous ne sommes pas des hommes de rapine, mais des cathares, ou purifiés, et nous ne bri-

sons que les œuvres de l'iniquité; nous
n'admettons point de partage, ni d'altération dans la doctrine évangélique, et
tout est à nos yeux vérité ou mensonge.
Amis ardens nous sommes des ennemis sans
pitié. C'est en cela seulement que nous sui-
vons l'exemple de nos cruels adversaires;
nous rendons le mal pour le mal, et com-
battons en démons contre des démons. Nous
avons mérité un reproche, c'est celui d'avoir
violé votre territoire, en y poursuivant
les ennemis de J.-C.; et nous venons vous
demander à expier cette faute, en la la-
vant dans le sang des croisés. Employez-
nous à délivrer nos belles contrées de ces
automates du nord conduits par leurs évêques. Faites - nous combattre contre ces
loups affamés, dont les dents sont aigui-
sées par la prostituée romaine. »

« J'agrée vos services, » répondit le comte de Foix; « demain nous lèverons le
camp, et le fils de Raimbaud vous fera
savoir mes ordres. »

Adon et Raimbaud ne purent se ren-

6.

contrer sans éprouver quelque embarras. Adon était chargé du fardeau d'un aveu pénible. Raimbaud venait d'être informé de tout par un message d'Aliénor.

« Mon fils, » dit-il à Adon, « puisque je puis encore vous appeler de ce nom, vous avez dédaigné mes conseils, vous avez échappé au joug de l'autorité paternelle. Puissiez-vous éviter la peine de cette omission ! Je n'ai rien à vous dire avant de m'être concerté avec le comte Roger. C'est à lui qu'il appartient de décider de vous et de moi. »

Raimbaud alla trouver le comte et lui fit le récit qu'il tenait d'Aliénor. Roger fronça d'abord le sourcil, puis il se mit à sourire.

« Les folies de l'amour, » dit-il, « conviennent à la jeunesse des guerriers ; elles ne doivent pas régler la destinée des princes. J'augure bien du courage de Trencavel par les transports de son cœur et l'ardeur de ses passions. S'il parvient avec mon aide à reconquérir ses états, il saura aussi trou-

ver une femme dont la naissance soit égale
à la sienne, et qui puisse donner des hé-
ritiers à la maison de Béziers et de Carcassonne.

Raimbaud se tut, mais en déplorant
cette morale facile et hautaine, qui fait
souvent oublier aux princes qu'avec tous
leurs efforts ils ne sont rien de plus que
des hommes.

« Il est temps, » reprit Roger, « d'informer cet enfant de sa naissance et de son
nom. Je laisse ce soin à celui qui lui a servi
de père. Qu'il sache de toi ce qu'il est et
ce qu'il doit être. Demain je le ferai connaître à mon armée, et la bannière des
Trencavels sera unie à celle des comtes
de Foix. »

Raimbaud revint auprès d'Adon. Il le
conduisit, à travers les voûtes du château,
sur une petite terrasse isolée et assise sur
un rocher escarpé, au bord d'un torrent
qui tombe en écume dans l'Ariège.

« Jeune homme, » lui dit-il, « avant
que le sommeil vienne s'appesantir sur ta

paupière, tu entendras des choses bien
différentes de celles que tu croyais avoir
à me révéler. »

Adon tressaillit, et le nom de Cécile
était sur ses lèvres..... « Ce n'est pas de
Cécile qu'il s'agit ici, » dit Raimbaud,
« c'est de vous-même. Vous n'êtes point mon
fils : vous êtes né d'un sang plus illustre,
mais aussi plus malheureux ! C'est le comte
de Foix qui vous a confié à mes soins ;
c'est lui qui vous a reçu des mains d'un
père qui n'est plus, et que le crime vous
a enlevé. »

« Oh ! » dit Adon, « puisque vous ne
pouvez me rendre mon père, ne m'ôtez-
pas du moins celui qui a protégé mon
enfance, et que j'ai toujours appelé de
ce nom. »

Raimbaud se sentit ému jusqu'aux larmes. « Apprenez, « dit-il, « que votre
père était le vicomte de Béziers et de
Carcassonne. Votre nom est *Raymond-
Trencavel.* Vos domaines ont été la proie
de la rapacité, masquée du nom de la reli-

gion. Simon de Montfort les a ravis, son fils les retient encore. »

« Nous les recouvrerons, » s'écria Trencavel, « j'en ai pour garant la justice de Dieu et la puissante assistance du comte de Foix. Je ne sais quelle voix intérieure m'annonce une victoire certaine; je croyais combattre pour le comte, et c'est pour moi-même qu'il combattra......... « O mon père ! » dit-il à Raimbaud, « pouvez-vous imaginer la joie que j'aurai en déposant tous ces domaines aux pieds de Cécile ? Combien elle est au-dessus de tout cela ! Que sont les choses de la terre auprès de celles du Ciel ?

« Aimer Dieu et Cécile, voilà ma première loi. Soyons ensuite prince, si la Providence le permet. »

« Peut-être, » dit Raimbaud, « les épreuves de la vie et de nouvelles habitudes vous feront-elles changer de langage. Je ne veux pas sonder l'avenir. »

« Il faut le sonder, » s'écria Trencavel ; « le doute que vous exprimez me fait tressaillir. O mon père ! jamais je n'ai senti plus vivement le besoin de me réfugier dans vos bras ; ne refusez pas votre fils , parlez-lui sincèrement. Cécile et moi aurions-nous à redouter quelque nouveau danger, à raison de ce changement d'état ? Le comte de Foix sait-il notre amour ? Qu'en dit-il ? a-t-il quelques projets dont je doive m'inquiéter ? »

« Le monde, » répondit Raimbaud ; « vous est encore inconnu, et vous ignorez surtout quelle est la vie des princes. Vous apprendrez avec surprise que plus les hommes sont élevés en dignité et moins ils sont libres. C'est au prix de la liberté que leur grandeur s'acquiert et se maintient. Le choix d'une épouse est peut-être de tous les actes de la vie celui où ils sont le plus assujettis. C'est moins un choix qu'un marché.

« Dans notre société se trouvent quatre classes d'hommes libres : les bourgeois, les chevaliers, les barons et les princes. La gêne domestique de ces hommes s'augmente en raison de leur importance politique. Les bourgeois peuvent se livrer à leurs penchants, et prendre conseil de leur inclination. Ils choisissent leurs femmes pour eux-mêmes, non pour les autres. Les princes courent de grands risques s'ils ne se marient au gré de leurs sujets, et s'ils paraissent déroger à la dignité de leurs égaux. Je ne vous dissimule pas que le comte de Foix pense de cette manière, et que cette opinion est celle de tous ses pareils. »

Trencavel demeura un moment silencieux. « Mon père, » dit-il ensuite à Raimbaud, « y a-t-il une loi expresse qui condamne celui qui est né prince à demeurer prince, et ne lui est-il pas permis de se délivrer de sa chaîne en se faisant simple chevalier ou même bourgeois ? Que les Montfort gardent mes châteaux, si en les reprenant je dois m'y trouver comme dans un désert.

« Mais non, il faut d'abord aider le comte de Foix à les arracher de leurs mains impies ; et que lui-même ensuite en soit

mis en possession, puisqu'il se complaît
dans cette gêne de la puissance et de la
grandeur. Moi je ne veux d'autre prix
des combats que ma Cécile et une chau-
mière des Pyrénées.

« Le comte de Foix, » reprit Raimbaud,
« est trop généreux pour accepter ce marché, et vous ne devez craindre de sa part
aucun acte de violence; mais seulement ses
remontrances et ses prières. La raison d'état,
les régles de l'étiquette, les dédains des
seigneurs, les murmures des peuples sont des
considérations puissantes et qui détermi-
nent généralement la conduite des princes.
Mais il s'en trouve aussi quelques-uns qui
les bravent à leurs risques et périls. Ce
parti est plus convenable que l'abandon de
vos droits. Tant de dévouement et de résignation vous rendent plus digne qu'aucun autre de posséder ces domaines, dont
vous faites si peu de cas. Songez que vous
avez un père à venger, et qu'il vous reste
encore une mère qui, si j'en crois mes pressentimens, ne dédaignera pas d'être la mère
de Cécile.

Ces derniers mots ramenèrent le calme dans l'ame de Trencavel. Rassuré sur les suites de son union avec Cécile, il fit mille questions à Raimbaud sur les choses passées et interrompait à chaque instant ses explications et ses réponses.

Raimbaud lui rappela succinctement les faits principaux de la croisade qu'Adon n'avait pu ignorer, mais qui se montraient à Trencavel sous un nouvel aspect.

« La mort de votre père, » lui dit ensuite le chevalier, « a été d'abord enveloppée d'un voile mystérieux, mais le temps a déchiré ce voile.

Sa vie était pour Montfort un continuel sujet de reproches et de crainte. — Vous n'étiez qu'un enfant; on ne savait ce que vous étiez devenu : Simon ignorait que votre malheureux père, pressentant sa destinée, avait confié votre enfance au comte de Foix.

Peu de jours après que votre père eut été renfermé dans une tour obscure, on l'en retira mort. Mais avant de cesser de

vivre, il avait trouvé le moyen de con-
fier à des mains sûres un écrit adressé au
roi d'Aragon. » — « Vous êtes mon su-
zerain, » lui disait-il, « vous aurez un ami
fidèle à venger et un grand crime à punir.
Montfort, qui tient mes domaines, va m'arracher la vie; je ne reçois dans la tour où
il m'a enfermé, que des alimens empoison-
nés; il faut que je meure de la faim ou
du poison. Veillez sur vous-même et
vengez-moi (1). »

Trencavel interrompit Raimbaud.... Les
larmes avaient peine à s'échapper de ses
yeux enflammés; ses cheveux se hérissaient
et on entendait le claquement de ses dents.

« Que devint ma mère? » dit-il à Raimbaud.

« Votre mère, » dit Raimbaud, « n'inspirait ni crainte, ni envie. Montfort s'est paré
envers elle d'une fausse pitié; il l'a laissée
en paix dans l'asile qu'elle avait choisi auprès des bords de l'Hérault. Une demeure
embellie par l'art, environnée de jardins et
de vergers, a servi de retraite à Agnès. Elle

a donné ses premiers momens à la douleur. La suite de sa vie s'est partagée entre les exercices de dévotion et la culture des lettres. Réduite à la société des chapelains et des troubadours, peut-être a-t-elle fini par goûter cette indifférence, plus heureuse qu'honorable, qui caractérise les habitans de cette contrée, amollis par les délices de leur séjour, et qui sont demeurés, autant qu'il a été en leur pouvoir, étrangers aux querelles des princes, comme aux tentatives des sectaires. »

Trencavel ne pouvait comprendre ce phénomène d'une femme épouse et mère, qui avait trouvé les moyens de se complaire dans une existence isolée de tous les objets de ses affections.

« La vie de ma mère, » disait-il à Raimbaud, « ne peut être qu'un songe. Hâtons-nous, en lui rendant un fils, de la retirer de cet insipide sommeil. »

« Il faut avant tout, » dit Raimbaud, « nous ouvrir un chemin pour arriver auprès d'elle : et Agnès, en retrouvant son fils, doit le voir couronné de lauriers et réintégré dans ses domaines. »

« Il me semble, » dit Trencavel, « éprouver tous les pressentimens de la victoire, et entrevoir le moment où je recevrai les embrassemens de ma mère. Mais quand pourrai-je lui amener ma Cécile, et pourquoi cette espérance est-elle encore si loin de moi? car c'est alors seulement que commencera mon bonheur.

« Rien n'abrège plus le temps, » dit Raimbaud, « qu'une bonne victoire. Elle est maintenant devant nous; il faut y courir. »

« Le meurtrier Montfort n'est plus; son fils Amalric se flatte en vain d'avoir hérité des larcins de son père. Ce fardeau surpasse ses forces. Il n'a plus autour de lui que les vassaux et les soldats des évêques, troupe lâche et avide, digne en tout des maîtres qui la dirigent.

« C'est elle qui assiége en ce moment la ville de Toulouse, où le faible Raymond chargé d'années, cherche encore à conjurer l'orage par des prières et des pénitences.

« Le Comte de Foix, votre cousin et votre
protecteur, qui depuis la mort de Simon
a recouvré la plus grande partie de ses
domaines, va marcher contre eux ; et le
fils et le frère de l'assassin de Trencavel
vont se trouver en présence du fils de
Trencavel ! »

Le jeune homme se jeta dans les bras
de Raimbaud.

« Vous serez mon guide ; » dit-il, « comme vous avez été mon père ; demain je serai
Trencavel pour tous ; pour vous et pour
Aliénor, je ne veux pas cesser d'être Adon,
bien moins encore pour Cécile.

La nuit avait déjà parcouru la moitié
de sa carrière. Les étoiles scintillaient dans
l'azur du ciel, et la lune ayant dépassé les
sommets des montagnes, faisait vaciller ses
rayons sur les ondes roulantes de l'A-
riège.

Trencavel et Raimbaud allèrent se livrer au sommeil qui tenait toute la population assoupie. Mais avant de s'endor-
mir, Trencavel prit sa viole et les sons

qu'il en tirait accompagnaient un chant qu'il adressa à Cécile.

« J'ai rêvé, » disait-il, « que ma Cécile était devenue princesse, et qu'elle habitait un palais ; elle ne pouvait plus faire un pas sans être obsédée de courtisans, dont plusieurs s'agenouillaient devant elle ; des conseillers assidus lui enseignaient les lois et les cérémonies de la grandeur, ils réglaient l'emploi de toutes ses heures.

« Cécile demeurait dans sa surprise, immobile et silencieuse ; elle ne reprit la parole que pour demander Adon, elle voulait qu'Adon reçut pour elle tous ces hommages ; elle ne voulait point de conseils sans entendre ceux d'Adon. Adon voyant cela, se croyait bien plus qu'un de ces princes faits par le hasard. O ma Cécile ! combien il est déchu ce pauvre Adon, lorsqu'à son réveil il s'est trouvé être l'un de ces princes.

« Ton Adon, ma Cécile, est maintenant un haut baron, un vicomte, et l'héritier des Trencavels ; héritier, il est vrai, sans

d héritage , mais plus riche, ayant le cœur de
) Cécile, que s'il possédait tous les domaines
b de l'Occitanie. Sois donc princesse , ô ma
) Cécile ! pour que je puisse me croire prince.
2 Sois Trencavel avec moi pour qu'il y ait
ɔ encore des Trencavels. »

Ayant ainsi chanté, l'époux de Cécile se
l livra au sommeil. Bientôt les sons aigus de
l la trompette se firent entendre au château.
[Ils furent répétés par les échos voisins et
ɩ retentirent jusqu'aux divers campemens
ɔ épars dans la vallée. A ce bruit succéda
ɔ celui du cliquetis des armes , du hennis-
ɛ sement des chevaux , pendant que les Ca-
ɟ thares chantaient de leurs voix aiguës et
ɔ discordantes les pseaumes traduits en lan-
ɟ gue vulgaire.

Trencavel, accompagné de Raimbaud ,
ɜ alla recevoir les embrassemens du comte
ɔ de Foix, lui exprimer sa reconnaissance
ɔ et demander ses ordres.

« Mon cousin, » lui dit le comte, « ne
ɛ songeons au passé que pour nous faire un
ɩ meilleur avenir. Le temps où nous vivons

demande du courage et de l'audace. Allons montrer au vieux Raymond comment on se délivre d'une armée de chapelains. Que ce vieillard apprenne d'un enfant ce qu'il eut dû faire il y a quinze ans. »

Le comte avait donné ses ordres pour que les troupes fussent réunies sous les murs de la ville. Il s'y rendit entouré de ses barons et de ses chevaliers. Un grand nombre d'habitans des lieux voisins s'était rassemblés au même endroit; l'arrivée du prince fut le signal du silence.

« Soldats, » dit-il, « hommes d'armes, chevaliers, et vous bourgeois de ma bonne ville, sachez que le jeune homme que je vous présente, est l'héritier des Trencavels, le fils du vicomte que Montfort a assassiné à Carcassonne. C'est moi qui l'ai préservé des mains de ses meurtriers qu'il va combattre avec nous. »

Une acclamation unanime fut entendue : « vive le vicomte *Trencavel !* « Roger fit alors apporter les armes destinées à son jeune cousin. On le revêtit de l'habille-

α ment de fer ; on plaça sur sa tête un cas-
p que luisant. Le comte ceignit lui - même
l'épée autour de ses reins, chaussa ses épe-
rons, l'arma d'une lance, et lui imposant
les mains : « Je vous fais chevalier, » dit-
il, « tout bon chevalier est digne de devenir prince. »

La bannière de Trencavel fut en ce
moment déployée et confiée aux soins de
Raimbaud de Montaillou.

Ensuite le comte de Foix dit au jeune
vicomte : « Nos hommes d'armes et ceux
de nos vassaux ont ici leurs chefs , vous
commanderez les soldats volontaires ; et les
conseils de Raimbaud éclaireront votre jeunesse. »

Les Cathares reçurent avec joie le com-
mandant qui leur était donné, et se crurent assurés de grossir leur troupe à chaque pas. Ils firent retentir leurs hymnes
et actions de grâces. Cyrille Jourdain tomba dans une extase prophétique.

« Enfans de Sion, » s'écria-t-il, « la
victoire est à nous. L'oint du seigneur

marchera à notre tête ; le sang de l'agneau a coulé, celui du tigre va se répandre. Prépare ton deuil, ô Babylone ! car c'est à toi que viendront les pleurs et les grincemens de dents. Rends compte maintenant des rapines de tes complices, et du sang de nos martyrs ! »

Le signal du départ était donné ; l'armée marcha en ordre et suivit la rive droite de l'Ariège. La bannière de Trencavel fut placée en tête du bataillon des Cathares. Pendant que les hommes d'armes et leur suite s'acheminaient en silence, les Cathares ne cessaient de chanter leurs hymnes, en répétant souvent ce refrain du Psalmiste : « Levez-vous seigneur et vengez votre cause ! »

LIVRE QUINZIÈME.

Les assiégés.

Les troupes d'Amalric et celles des prélats tenaient Toulouse investie plutôt qu'assiégée (1), et assiégaient avec des détachemens quelques châteaux peu éloignés.

Les chevaliers et les bourgeois toulousains voyaient s'accroître de jour en jour le nombre de ces bataillons qui arrivaient à la file, ayant chacun leur bannière, et qui infestaient les campagnes en se tenant encore éloignés de l'enceinte des murailles. Les assiégés se sentaient rassurés par le souvenir de la glorieuse résistance qu'avait éprouvé de leur part le prince Louis, fils et maintenant successeur du roi des Français.

Le comte de Toulouse usé par les voluptés autant que par les chagrins, et devenu vieux avant le temps, n'avait plus quitté sa bonne ville depuis la mort de Simon. Il était cher à son peuple à cause de ses malheurs, et surtout parce qu'il était impossible à ce peuple d'entrevoir un avenir supportable, hors de la domination de ce prince et de sa race.

Fort du dévouement de ses sujets, Raymond eut pu braver ce nouvel essaim d'ennemis que Rome lui suscitait; mais l'approche du nouvel orage l'avait jeté dans un découragement que l'altération de ses organes pouvait seule expliquer. Dans sa frayeur, il avait fait partir pour l'Aragon son épouse Éléonore, soit pour la dérober aux dangers d'une ville assiégée, soit pour obtenir par son intercession quelques secours du roi d'Aragon. Il comptait avec plus de raison sur ceux de son fils qui occupait alors les rives du Rhône, et de ses voisins le comtes de Foix et de Comminges.

Raymond avait été fort adonné (2) aux femmes, et la belle Eléonore était seule parvenue à le fixer pendant les vingt dernières années écoulées depuis leur mariage. Les amis du prince jugèrent qu'en se séparant d'elle, il commençait son renoncement à la vie.

Les terreurs de la mort et de la damnation occupaient alors toutes ses pensées. Il vivait dans un enfer anticipé, et ne pouvant se soustraire aux démons en se réfugiant dans les Eglises dont l'accès lui était interdit, il se tenait rapproché autant qu'il lui était possible de la porte de celle consacrée à N.-D. de la Daurade. Vêtu d'habits de deuil et ayant la tête couverte de cendres, il y demeurait à genoux et prosterné, prononçant des prières et mouillant le pavé de ses larmes. Sa faiblesse était telle, qu'il ne pouvait se relever sans

le secours de ses serviteurs, ni rentrer au
palais sans être porté sur leurs bras (3).

Les bons hommes qui étaient auprès
de sa personne essayèrent envain de lui
faire entendre des paroles de consolation
et d'espérance, par la voix de leurs plus
éloquens ministres ou parfaits majeurs. Le
prince repoussait ces hommes, et les traitait
d'hérétiques, s'accusant de les avoir protégés et leur reprochant tout ce qu'il avait
eu à souffrir. Il craignait, tout excommunié qu'il était, de se souiller davantage en
conversant avec eux. Il n'accueillait avec
bienveillance que ceux de ses chevaliers ou
bourgeois qui étaient demeurés fidèles à l'é-
glise romaine, et qui, tout en lui rendant
les services obligés, observaient rigoureuse-
ment les lois de l'interdit, se purifiant à la
sortie de son palais et consumant dans le
feu les restes des alimens qui avaient été
servis sur sa table.

Les templiers étaient les plus dévoués
de ses affidés catholiques, il leur confiait
ses remords et ses douleurs. Ces pieux guer-

riers, la plupart indigènes, se trouvaient les ennemis naturels d'Amalric, et des étrangers venus du nord pour ravir les domaines d'Occitanie. Ils consolaient Raymond, parvenaient quelquefois à le retirer de son abattement, en faisant luire devant lui le flambeau de l'espérance, et ranimaient les restes de son courage à-demi éteint.

Le sentiment des templiers était partagé par le plus grand nombre des chevaliers et des bourgeois qui s'étaient tenus séparés de l'hérésie. Ceux-là gémissaient d'avoir à combattre une armée formée par des évêques et protégée par les légats du Saint-Siège; mais la voix des prêtres ne suffisait pas à étouffer en eux le sentiment de la justice, et ils faisaient dans leur conscience un appel à Dieu contre la déloyauté de ses ministres.

Dans cette disposition d'esprit, ils mettaient leurs efforts en commun avec ceux des bons hommes, qui plus emportés dans leurs passions, avaient à défendre à la fois leurs propriétés, leurs vies et leurs doctrines.

Les prédications des parfaits majeurs, dont le cours n'avait plus été interrompu depuis la mort de l'exécrable Simon, avaient fait beaucoup de prosélytes ; le nombre des nouveaux chrétiens dépassait maintenant dans la ville celui des autres habitans.

La mesure de l'interdit aida beaucoup ce progrès. Pendant que les chaires des chapelains demeuraient silencieuses, celles des dissidens étaient sans cesse occupées, faisant entendre tantôt les exhortations de la piété, tantôt les accens de l'indignation.

La foule exclue des Eglises, rendues muettes et désertes, encombrait les places et les édifices consacrés au nouveau culte, et se voyant une religion, oubliait facilement qu'elle en avait eu une autre.

Les trouveurs, soit hérétiques, soit catholiques (4), n'avaient qu'une voix pour la défense du pays. Quelques-uns d'entre

eux étaient soupçonnés d'une grande indifférence en fait de religion, mais leur
zèle patriotique ne s'en ressentait point.
Ceux qui avaient prostitué leur Muse à
la tyrannie, tels que le vil Perdigon (5),
étaient depuis long-temps absens de la ville.

Les compagnons du gai-savoir se trouvaient exclus par les assiégeans de la belle
retraite du Puy - Aiméri que leur avait
ouverte le chevalier de ce nom, aussi fidèle au culte des Muses qu'à son prince.

C'était là qu'avaient coutume de se réunir sous l'ombrage des ormeaux, ces favoris
des Muses, pour chanter, en dépit des folies
humaines, les consolations de la philoso-
phie et les ivresses de la volupté.

Ce qu'ils appelaient gaie science consis-
tait dans les lois d'amour. Pour eux c'était
beaucoup savoir que d'aimer dignement et
heureusement (6).

Ils tenaient maintenant leurs séances dans
le jardin intérieur de David de Roaix,
l'un des capitouls et leur confrère ; les
chants d'amour ne s'y faisaient plus enten-

7.

dre. Ceux de la guerre et des passions politiques, les avaient remplacés; il fallait se battre et vaincre avant de revenir à l'amour.

Parmi les chants nouveaux qui prirent alors naissance dans cet asile des Muses, on remarqua celui où le trouveur Adhémar entreprit de célébrer les effets bizarres et contradictoires de l'interdit; il était conçu en ces termes (7):

« Dieu est le père commun de tous les hommes, et nul ne peut séparer ce père de ses enfans.

« Il est au pouvoir des chapelains de nous séparer des chapelains, mais ils ne peuvent nous interdire Dieu.

« Dieu est avec ceux qui aiment et donnent, non avec ceux qui haïssent et retiennent.

« Dieu ayant en sa présence les esprits dont il se sert pour diriger les mondes et les royaumes, fit entendre ces paroles:

« Les prêtres de mon Eglise se sont faits princes de la terre, et le successeur du

premier de mes apôtres commande maintenant aux Césars.

« Quel est celui d'entre vous qui séduira
ce roi pontife, et fascinera les yeux de
ces conseillers empourprés, afin qu'ils trouvent leur punition dans les conseils qu'ils
auront choisis, et qu'ils se nuisent à eux-
mêmes? Alors l'un des esprits se présenta
au Seigneur et dit : c'est moi qui sédui-
rai ces prêtres.

« Le seigneur répondit : et comment ? « Je
serai, » dit l'esprit, « un esprit menteur dans
la bouche de ces conseillers. Vas, lui dit
le Seigneur, tu tromperas ceux qui trom-
pent, et tu prévaudras sur les hommes
qui s'essayent à usurper la puissance divine.

« L'esprit trompeur vint à Rome et sug-
géra aux conseillers du St.-Siége la politique de l'interdit.

« Les peuples, » disait-il, « sont maintenant liés à la religion par la force invin-
cible des habitudes; les cérémonies, les
rites, les exercices du culte, sont devenus
pour eux un besoin impérieux.

« On peut désormais obtenir d'eux tout ce qu'on voudra par la seule menace de les priver de cet élément de leur existence.

« Si un roi vous désobéit, faites que le peuple ne puisse exercer son culte, et ce peuple abandonnera le roi. Si un prince ou des seigneurs ont mérité d'être châtiés, ordonnez que leurs vassaux, sujets et serviteurs, demeurent privés du service divin jusqu'à ce qu'ils aient eux-mêmes donné les moyens d'effectuer ce châtiment. Et cela fut fait ainsi.

« Or, une cité célèbre, reine des villes de l'Occitanie, fut mise en interdit, parce qu'elle avait admis dans son sein ceux qui prêchent l'évangile à la manière des apôtres, vêtus et chaussés comme eux, et vivant comme eux sans luxe et sans arrogance.

« Et les clercs s'étant retirés ou renfermés dans leurs maisons, le champ de la parole fut librement occupé par les bons hommes.

« Et la parole de Dieu se fit entendre pure et persuasive, semblable à celle des premiers disciples de Jésus.

« Et les prières des fidèles furent dépouillées de tous ces élémens étrangers que des vues intéressées y ont introduit pour en faire un instrument de captation au profit des clercs.

« Et Dieu reçut sur son trône l'hommage dont il fait le plus d'estime, celui d'une population animée de l'esprit de charité, qui est celui de l'évangile.

« Et la joie éclata dans le royaume des cieux, réservé aux esprits simples qui aiment Dieu pour lui seul, et leur prochain comme eux-mêmes. »

Cependant les émissaires de l'évêque Foulques n'avaient pas tous quitté la ville, et quelques-uns y étaient rentrés secrètement. Ils répandaient de faux bruits et cherchaient à soulever les scrupules des Toulousains en augmentant leurs craintes.

« Que pouvons-nous gagner, disaient-ils, en demeurant fidèles à un prince qui s'avoue vaincu, et qui se jèterait les yeux fermés dans les bras de l'Eglise, s'il n'était réprouvé par elle ? Nous le tenons éloigné de nos temples, et ne laissons pas moins nos fortunes et notre salut attachés à sa personne que rien ne peut sauver. Faut-il que tout un peuple périsse pour un ex-communié. Pensons-nous être plus forts que le Dieu des armées ? Laissons enfin à lui-même le pécheur endurci, et ne nous laissons pas entraîner à sa suite dans l'abîme. »

Depuis long-temps la confrérie blanche, celle instituée par Foulques (8), n'avait osé s'assembler.

Le péril où se trouvèrent deux de ses anciens chefs affecta vivement les confrères, et ils tentèrent de nouveau de se réunir.

Hugues d'Alfar qui était sorti de Toulouse avec une troupe choisie pour une expédition préméditée, y était rentré menant après lui deux chevaliers chargés de chaînes. C'était les deux frères de Belgin, l'un appelé Folcand, l'autre Jean. L'un et l'autre avaient été plusieurs années auparavant bayles ou présidens de la confrérie blanche, et s'étaient signalés par des actes inouis de cruauté envers les Toulousains fidèles à Raymond. Ils avaient tenu enfermés dans des cachots tous ceux dont il s'étaient emparés , et abandonné à la mort dans un cloaque infect, les malheureux qui ne pouvaient ou ne voulaient racheter leur vie à prix d'argent.

Ils avaient contraint le père d'une de leurs victimes à pendre lui-même son fils, avant de subir à son tour cette mort ignominieuse. D'ailleurs ces deux alliés de l'armée de la foi vivaient plongés dans la débauche, et ne se faisaient aucun scrupule d'enlever les femmes mariées (9).

Les blancs effrayés du sort réservé à ces hommes coupables , cherchaient le moyen de les soustraire au supplice qu'ils avaient si bien mérité.

Un évènement qui avait rempli d'horreur les esprits crédules, leur offrit un prétexte de s'assembler et d'échauffer le peuple de leurs clameurs.

Une femme d'un village voisin venait d'être arrêtée et conduite à Toulouse comme sorcière. Ses interrogatoires avaient

révélé qu'à la suite d'un commerce charnel avec le démon, un enfant monstrueux
lui était né, ayant la tête d'un loup et
une queue de serpent. Il y était dit aussi
que pendant deux années, elle avait nourri
ce monstre avec les chairs des enfans qu'elle
enlevait de nuit (10).

On préparait déjà le bûcher qui devait
consumer cette misérable, lorsque des émissaires de Foulques s'étant introduits dans
sa prison, lui suggérèrent comme un moyen de sauver sa vie, d'attribuer aux
hérétiques et aux plus notables parmi les
parfaits, les enchantemens qui l'avaient
livrée au démon.

Cette ruse produisit l'effet qu'avaient
prévu ses auteurs; la nouvelle déposition
de la sorcière étant rendue publique,
jeta le trouble dans tous les esprits. Les
passions les plus violentes et les plus con-
traires agitèrent les Toulousains, et tous
voulaient sans aucun délai la mort de
cette femme, les uns à cause de son crime
avéré, les autres à cause de son horrible
calomnie.

Les chefs des blancs, voyant les têtes ainsi enflammées, furent les premiers à marcher vers la prison, et y entraînèrent la populace aveugle et insensée, qui demandait à grands cris le supplice de la sorcière.

Le projet des blancs était bien de livrer cette femme aux furieux, mais aussi de briser les liens des deux frères Belgin, leurs anciens bayles, et de favoriser leur évasion.

Heureusement les capitouls étaient assemblés, et ils furent à portée de marcher eux-mêmes au-devant de la populace et de retenir son mouvement.

«Que demandez vous?» dit David de Roaix aux plus enflammés; «et à quoi bon toute cette fureur? A-t-on besoin de vous pour punir une femme réprouvée de Dieu et des hommes? Pourquoi prétendez-vous faire contre la loi ce qui va être fait selon la loi?

« Faut-il absolument qu'on vous livre cette femme? Rien n'est plus facile; mais faut-il pour cela rompre les portes d'une prison où sont renfermés plusieurs de vos plus cruels ennemis ? Entendez-vous rendre la liberté à ces abominables frères Belgin qui ont porté le deuil et la misère dans un si grand nombre de familles ? Voulez-vous qu'ils recommencent à faire pendre vos enfans par leurs pères ? »

Ces paroles arrêtèrent les premiers rangs du peuple mutiné, et les blancs déconcertés cherchaient déja à se perdre dans la foule, quand Roaix ajouta : « Calmez-vous, bons Toulousains, et calmez vos amis, vos camarades. Faites savoir à tous que dans une heure au plus tard le bûcher sera allumé, et que la sorcière y sera consumée en présence du peuple.

« Dites-leur aussi que d'autres criminels déja jugés subiront en même temps la peine réservée à leurs crimes. La justice de Dieu doit suffire aux peuples, et leur devoir est de ne point la troubler par la mutinerie et le désordre. »

Le capitoul fut applaudi par ceux qui avaient été à portée de l'entendre. Un mur-

mure favorable se propagea de rang en
rang. Bientôt la foule se dissipa et prit
lentement le chemin de la place où se dres-
sait le bûcher.

Avant que l'heure fut écoulée, la sorcière y fut conduite et consumée dans les
flammes. On fit monter aussi sur un écha-
faud voisin les deux frères Belgin, et leurs
têtes furent abattues. Les blancs s'étaient
dérobés à ce douloureux spectacle.

Les émissaires de Foulques, ayant perdu
tout espoir de troubler l'harmonie des Toulousains et de semer la zizanie parmi eux,
se déterminèrent à suivre la dernière ins-
truction de l'évêque, qui leur prescrivait
de se retirer, au cas où il ne leur serait
plus possible de nuire. Ils suivirent fidèlement le cérémonial dont le prélat avait
donné l'exemple, lorsqu'à (11) l'époque
du siége de Lavaur, il se mit en guerre
ouverte avec le comte de Toulouse.

Les chapelains qui n'avaient pas encore
abandonné la ville se rendirent, à l'exception d'un bien petit nombre, et notam-

ment de l'abbé de St.-Sernin , dans l'église
de St.-Étienne , que le prévôt et le chapître
avaient dépouillée de tous ses ornemens. On
y renouvela la publication de l'interdit , et,
après l'extinction des cierges , l'église fut
déclarée un lieu profane. Les chanoines et
les autres clercs s'étaient revêtus de leurs
habits de chœur ; et le prévôt, prenant en
main le St.-Sacrement , s'achemina avec
eux vers la porte de Montolieu. Tout ce
cortége de chapelains marchait pieds nuds
et se frappant la poitrine.

La porte leur fut ouverte en présence
d'une foule nombreuse qui cette fois les vit
s'éloigner d'un œil presque indifférent (12).

« Nos chapelains nous quittent, » s'écriait
Roaix ; « eh bien ! célébrons leur fuite et
notre allègement. Que nos refrains joyeux
succèdent à leurs lamentations découragean-
tes. Réjouissons-nous d'être délivrés de leurs
prières , puisque ces prières sont des ma-
lédictions. »

Quelques hommes du parti des blancs
et un plus grand nombre de femmes se

mirent à la suite de cette lamentable procession, voulant abandonner une ville que Dieu achevait d'abandonner.

Le cortége arriva en peu de temps aux avant-postes de l'armée des croisés. Un chevalier français, nommé Raoul sans pitié, y commandait un corps d'aventuriers de diverses nations. Ces étrangers s'étaient rendus non moins célèbres par leurs pillages que par leurs exploits.

En voyant venir de loin cette foule de clercs, d'hommes et de femmes, les soldats de Raoul se sentirent tout d'un coup animés par l'espérance d'y trouver quelque occasion de butin; mais aussitôt qu'ils eurent reconnu le caractère sacré de ceux qui marchaient les premiers, et qu'ils se trouvèrent en présence du prévôt de St.-Étienne, portant dans ses mains le Dieu fait homme et fait pain, ces hommes s'agenouillèrent et se prosternèrent frappant la terre de leurs fronts.

Puis se relevant et n'ayant plus devant eux que la longue file de Toulousains et

de Toulousaines, qui avaient suivi leurs
prêtres, l'instinct de la rapine vint les saisir. Ils se jetèrent dans les rangs de cette
foule suppliante, la séparèrent du clergé
et la dispersèrent.

Il fut alors facile à ces farouches guerriers de poursuivre, saisir et emmener
dans leurs tentes ces malheureuses femmes
éplorées qui se débattaient dans leurs bras,
comme la colombe dans les griffes de l'autour.

Quelques-unes furent assez heureuses
ou assez agiles pour échapper à ces ravis-
seurs, et rentrer dans Toulouse, où elles
racontèrent la triste déconvenue de leurs
compagnes.

Celles-ci recouvrèrent leur liberté, le
lendemain par l'entremise de l'évêque Foulques et par les ordres d'Amalric. Mais on ne
put leur rendre tout ce qu'elles avaient
perdu pendant cette courte captivité.

Les compagnons de gai savoir trouvèrent dans cet incident une matière féconde
à de nouveaux chants; les uns vouaient à

l'enfer ces brigands luxurieux revêtus des insignes de la croix. Les autres célébraient les conversions tardives de la bonne foi déçue, ou peignaient les angoisses de la pudeur outragée.

Une sirvente du joyeux Gaucelin remporta le prix. Je la transcris telle qu'on l'a conservée dans les archives de la compagnie du gai savoir (13).

Exupère et Inès.

Exupère avait commencé son douzième lustre, lorsqu'il épousa sa pupille, Inès l'ingénue, âgée de 17 ans. Son intention désintéressée était de la soustraire aux dangers du monde, et de la maintenir sous ses yeux dans la pratique assidue des exercices de piété.

Inès lui dit : « Ne craignez-vous pas que nous tombions en damnation, si nous demeurons plus long-temps parmi ces hérétiques ; car les chapelains de la cathé-

drale s'en vont et emmènent Dieu avec
eux. Qu'allons-nous devenir ?

« Suivons-les, » dit Exupère, « et nous
irons chercher un asile loin du tumulte
des armes, dans notre domaine auprès de
Verfeil, » et ils se mêlèrent au cortége qui
suivait les chapelains sortant de-Toulouse.

Quand les soldats de Raoul-sans-pitié
se jetèrent sur ce cortége comme sur une
proie, l'un d'eux arracha Inès des bras de
son mari, et Exupère, ayant voulu résister,
fut renversé à terre d'un coup de gan-
telet.

Le farouche soldat emmenait sa captive
échevelée et gémissante. Il trouva sur son
passage son capitaine Robert, dit le galant,
jeune guerrier, neveu de Raoul.

« Cesse de faire violence à cette chré-
tienne, » dit Robert d'une voix tonnante,
« et remets-la en mes mains. »

« Je vous la cède, mon capitaine, » dit le
soldat ; « à tous seigneurs tous honneurs.

« Va, » lui dit Robert, « donner du
secours à l'homme que tu as renversé ; et

conduis-le au camp pour qu'on ait soin de lui. »

Et cela dit, il emmena Inès dans sa tente en cherchant à dissiper ses craintes.

« Ce vieillard, » lui dit Robert, « que le soldat a traité si brutalement, est-il votre père? »

« Ce n'est point un vieillard, » dit Inès, « et, quoiqu'il m'ait servi de père, il ne l'est point, il est mon mari. Son nom est Exupère et je m'appelle Inès. »

Robert, se voyant seul avec cette belle, la dévorait des yeux pendant qu'elle tenait les siens baissés vers la terre; et, ne pouvant plus contenir le feu de ses désirs, il la serra dans ses bras, et colla un moment ses lèvres sur celles de l'ingénue.

Inès se troubla et fut prête à s'évanouir; mais, revenue à elle-même, elle se dégagea des étreintes du chevalier.

« Quelles sont ces manières, » dit-elle, « et quel homme êtes-vous? » — « Un homme qui vous adore, répondit Robert en tombant à ses genoux, et qui voudrait mourir à vos pieds, plutôt que d'être haï par vous.

« J'entends, » dit Inès, « vous êtes de ces hommes dont le démon est parvenu à se rendre maître, et j'en ai eu la pensée en éprouvant je ne sais quoi de diabolique au moment où vos lèvres ont touché les miennes. »

Inès fit alors plusieurs signes de croix. « Laissez-moi prier, » dit-elle, « et priez avec moi si vous le pouvez, afin d'être délivré de ce cruel maléfice.

« C'est peut-être ce démon, » dit Robert, « qui m'a fait croire un moment que je pouvais agir avec vous comme fait un mari.

« Mon mari, » dit Inès, « ne m'a jamais rien fait de pareil. »—« Quoi ! » dit Robert, « il ne vous a jamais serrée dans ses bras ? »

« Jamais, » dit Inès.

« Et ses lèvres n'ont jamais touché vos lèvres ? »

« Jamais, » dit Inès.

« Et vous n'avez jamais passé vos nuits ensemble et dans un même lit ? «

« Ensemble et dans le même lit, » dit
Inès, « pour dormir, ou pour prier à dé-
faut de sommeil. » — « Rien de plus ? »
répliqua Robert. — « Rien de plus, » répondit Inès, « car la prière chasse le démon.

« Et vous n'avez jamais conçu, » dit
Robert, « le désir d'avoir un enfant ?

« Ce désir, » dit Inès, « je l'ai eu quelquefois ; mais Exupère m'en faisait nu
reproche, disant qu'il ne fallait ni impor-
tuner, ni tenter Dieu.

« Et lui-même, » dit Robert, « n'a rien
tenté ? » — « Rien, » dit Inès ; « après Dieu
que peut-il y avoir ? »

La surprise de Robert donnait le change
à son impatience, et d'autres pensées en-
traient dans son esprit. « Avec les saints, »
s'écria-t-il, « il faut être saint.

« Je ne crains plus le démon, si vous
m'accordez le secours de vos prières. Nous
prierons ensemble, n'est-ce pas, bel ange ? »
« Bien volontiers, » dit Inès, et ils se
mirent à prier.

Quand les voiles de la nuit eurent enveloppé l'horizon, Robert plaça un gardien affidé hors la porte de là tente; puis dit à Inès : « Je ne puis vous offrir que cette couchette de soldat; elle est bien étroite, mais une personne seule peut y dormir et vous avez besoin de sommeil ; moi j'ai plus besoin de prières, je dormirai comme je pourrai. »

Cela dit, il éteignit la lampe dont la faible lueur éclairait la tente.

Inès, rassurée et croyant sa pudeur protégée par l'obscurité, ôta ses vêtemens et se mit au lit.

Le chevalier continuait de prier, et après quelque temps, s'étant aussi déshabillé, il essaya de se glisser sur le bord de la couchette comme pour y prendre le sommeil.

Ce qui se passa ensuite, la nuit, cette protectrice des larcins et des amours, ne l'a point révélé.

Le lendemain, quand les premiers rayons du soleil avaient déjà doré les toiles de la tente de Robert, un messager vint l'avertir de se rendre auprès de son oncle, où il était attendu par l'évêque Foulques accompagné d'un bourgeois de Toulouse.

Ce bourgeois était Exupère, Inès lui fut rendue; une rougeur inusitée colorait ses joues et même son front.

« Hâtez-vous, » leur dit Foulques, « de vous réfugier à votre domaine auprès de Verfeil; l'air qu'on respire dans les camps est pernicieux pour les jeunes femmes. »

Exupère et Inès s'acheminèrent aussitôt l'un et l'autre silentieux et le cœur serré. Exupère ne savait comment l'interroger; Inès ne savait comment elle devrait répondre.

LIVRE SEIZIÈME.

Les assiégeans.

L'ARRIVÉE des clercs toulousains au camp
des croisés y causa une grande rumeur.
Les prélats s'assemblèrent et avisèrent d'a-
bord aux moyens de remédier aux désor-
dres causés par les soldats de Raoul. Puis
ils songèrent à préparer une attaque gé-
nérale contre les murs de la ville sacrilége, où ils ne comptaient plus un seul
ami.

La bannière d'Amalric et celles de quelques seigneurs laïcs se trouvaient comme perdues parmi tant de bannières épiscopales et abbatiales, qui flottaient dans toute l'étendue du camp.

A la suite du concile de Bourges (1), où furent renouvelées les sentences d'excommunication contre Raymond, en présence de 14 archevêques, 113 évêques et 150 abbés de toutes les provinces de France, la plupart de ces prélats avaient fait marcher leurs vassaux en Occitanie pour y défendre la cause d'Amalric.

Renaud de Bar, évêque de Chartres, Philippe de Dreux, évêque de Beauvais, ceux de Lisieux et de Bayeux, avaient eux-mêmes amené leurs troupes des contrées de la Seine et de la Loire; elles s'étaient jointes aux bataillons des archevêques de Bourges, d'Auch, de Bordeaux, et des prélats de l'Occitanie (2). Avec l'évêque de Paris, était arrivé l'archidiacre Guillaume savant dans l'art d'attaquer les villes fortifiées.

La cause de Raymond venait de per-

dre un grand appui dans la personne
d'Arnaud l'archevêque de Narbonne, qui
était devenu favorable à ce prince, depuis que la fatalité l'avait fait rival et
ennemi des Montfort. Ce prélat était allé
s'éteindre dans la paisible solitude de Fonfroide, léguant aux moines ses livres et
son palefroi (3). Pierre d'Ameil, qui lui
succéda, se hâta de faire marcher contre
Toulouse tous les chevaliers et hommes
d'armes qu'il put rassembler.

Amalric, qui avait attendu la réunion
de toutes ces forces avant de déployer
son activité, annonça aux prélats que le
signal des combats allait être donné, et
ayant fait la même notification aux barons
et aux chevaliers, ceux-ci renouvelèrent
entre les mains des prélats le serment
qu'ils avaient déjà fait au cardinal légat,
de ne laisser à Toulouse ni homme, ni
femme, ni garçon, ni fille, et de n'épargner ni le sexe, ni l'âge (4).

L'archidiacre Guillaume avait mis tous
les soins de son art à construire une ma-

chine appelée belette, qui, traînée à travers les tranchées et les fossés jusqu'au
pied des murailles, mettait à l'abri les tra-
vailleurs occupés à en miner et démolir
les fondemens (5).

Dès que les Toulousains la virent s'approcher, ils remplirent plusieurs vases d'une
poudre combustible ; et, y ayant mis le feu,
ils les jetèrent sur la belette, qui fut
bientôt couverte d'une flamme liquide et
inextinguible (6).

Les croisés accoururent, et un combat
sanglant fut livré autour de la machine
embrasée.

Plusieurs braves chevaliers y périrent.
Le légat et les évêques, placés en arrière,
faisaient entendre leurs voix et leurs exhortations, promettant la couronne du martyre et les joies du paradis à ceux qui
succomberaient pour la cause de l'Église.
« Seigneur prélat, » dit à l'évêque de Nîmes
le baron de Valats, « vous aurez de la peine à
nous persuader qu'on monte ainsi tout droit
au ciel en mourant sans confession (7).

8.

D'autres guerriers se joignirent à Valats pour faire observer la situation critique où se trouvait engagée l'armée assiégeante, à raison de l'incendie de la mustèle. Amalric y eut égard et la retraite fut ordonnée.

De nouvelles attaques partielles étant aussi demeurées sans résultat, Amalric voulait tenter de réunir en un seul corps les bandes éparses qu'avaient amenées les prélats ; mais ceux-ci contrarièrent ce projet dans la crainte de perdre leurs petites armées.

L'un deux ouvrit un jour cet avis : « Si nous ne pouvons atteindre ces impies dans l'enceinte de leurs murailles, sachons au moins les punir par la privation de ces richesses qui font leur orgueil, et les induisent à la damnation.

« Ces fertiles campagnes, ces moissons, ces vignes, sont pour eux des causes de révolte et de ruine. Dévastons ces domaines, réduisons les habitans de cette ville endurcie à une pauvreté qui peut-être leur ouvrira les voies de la résipiscence (8). »

Le prélat proposa à la suite de ce préambule une série de moyens qui furent approuvés et mis en exécution.

Avant le lever de l'aurore, les croisés étaient réunis pour entendre d'abord la messe et prendre un léger repas. Ils se divisaient ensuite en plusieurs bandes qui s'approchaient de la ville, autant qu'il était possible, sans réveiller les habitans. Là ils se dispersaient dans les terres, et revenaient lentement vers le camp, en foulant les herbes et les blés, arrachant les vignes et les arbres. Les hommes d'armes protégeaient leur marche rétrograde, et venaient à leur suite, prêts à repousser les sorties qu'auraient pu tenter les Toulousains. Ainsi ces malheureux bourgeois eurent la douleur de voir leurs possessions dévastées par les manœuvres et les conscils de ceux qui se disent les pasteurs des peuples.

Leurs chefs avaient peine à contenir leur fureur ; mais, craignant quelque embûche, ils les retenaient abrités derrière leurs

murailles. Il ne resta pas un seul arbre,
ni même un buisson, dans la campagne
qui environne Toulouse.

Le bruit vint se répandre au camp des
croisés que le comte de Foix préparait un
armement. A cette nouvelle quoique non
inattendue, la plupart des chefs ne peuvent
dissimuler leur inquiétude. Ils se rassem-
blent en conseil ; le légat les préside. Les
évêques, venus avec leurs vassaux des provinces éloignées, proposaient la retraite.
Celui de Toulouse, Foulques, fait éclater
son indignation : « Est-ce ainsi, » s'écria-
t-il, « que la cause de Dieu doit être servie ? Où sera la confiance du soldat, si
nous lui donnons l'exemple et le signal de
la crainte ? Nous touchons au moment du
succès ; la guerre qui dure depuis tant
d'années est près de se terminer. Une seule
ville reste à conquérir ; elle est épuisée
d'hommes, d'armes, de subsistances. Un
vieillard faible et sans courage y commande, et vous consentiriez par une retraite imprudente à perdre le fruit de

tant de travaux, à remettre les choses au point où elles étaient avant votre réunion? Doutez-vous que l'hérésie se propage, si elle n'est combattue par le fer et le feu? Voulez-vous attendre dans vos foyers que cette hydre y fasse entendre ses serpens, et que les routiers viennent vous chasser de vos siéges, après que les bons hommes auront attiré à eux les offrandes des fidèles? Devant qui proposez-vous de fuir? Devant un seul de ces seigneurs que vous avez vaincus tant de fois, quand ils étaient tous réunis! vous qui avez dispersé les armées nombreuses du comte de Toulouse et du roi d'Aragon! Si nous levons le siége de Toulouse, que ce soit pour aller punir celui qui a l'audace de venir l'interrompre. Allons atteindre dans ses montagnes cet ennemi de Dieu, et ne permettons pas que le sol de nos plaines soit infecté par la présence des hérétiques. »

Amalric prit la parole : « J'espère, » dit-il, « que les sentimens de l'évêque de Toulouse sont passés dans vos ames, et

que personne ne songe à déserter la cause
sainte que nous avons embrassée ; mais le
conseil que nous donne Foulques n'est
point sorti de la tête d'un guerrier, et je
ne puis l'approuver. Nos troupes sont mieux
disposées pour la défense que pour l'attaque. Je pense qu'il en est de même de
celles de nos ennemis. L'exemple de Toulouse vous le prouve. Ne leur donnons
pas l'avantage qu'ils cherchent à perdre :
concentrons nos forces et faisons de nouveaux retranchemens. La position de Montaudran ne peut être mieux choisie. Si
cette manœuvre nous expose à voir quelques bataillons du comte de Foix entrer
dans Toulouse, ils y entreront comme
dans un piége, dont ils ne pourront plus
sortir. »

L'avis du fils de Montfort fut généralement approuvé. L'évêque Foulques y ac-
céda.

« Prélats, » ajouta-t-il, « et vous barons,
c'est la sagesse des guerriers qui doit servir
de règle dans les affaires de la guerre. Sui-

vons les conseils du seigneur de Montfort ;
mais un autre projet me sourit, et c'est
sans doute Dieu qui me l'inspire. J'irai
moi-même au devant de Roger ; son ame
farouche n'est point inaccessible à la
crainte religieuse. Je sais qu'il a eu la barbarie d'attacher de sa main au gibet le frère
du comte de Toulouse qui s'était dévoué
à notre cause, mais je ne puis croire qu'il
maltraite un prêtre, un évêque. Il a re-
poussé le reproche d'hérésie ; sa politique
est toujours prête à faire des transactions
utiles à ses intérêts et à son repos. J'ose
espérer de dessiller ses yeux ; et, si mes
efforts sont vains, je serai, du moins, parvenu à connaître quelqu'un de ses projets
et la force de son armée. »

Plusieurs prélats admirèrent le courage
de Foulques, d'autres cherchèrent à le
dissuader : enfin, son offre est acceptée.
Parmi ceux qui se présentent pour l'accompagner, il fait choix du frère Réginald,
de l'ordre de Citeaux, et du templier Fer-
réol, qui étaient ses affidés. Il s'achemine

avec eux vers Pamiers, espérant y trouver le comte de Foix. Roger était déjà à Boulbonne; il achevait d'y réunir ses troupes, et s'était établi dans l'abbaye, séjour de délices, situé au confluent du Lers et de l'Ariège.

Ses coureurs rencontrèrent à Hauterive les trois missionnaires et leur fournirent une escorte jusqu'à Boulbonne. Avant leur arrivée, le bruit s'était répandu qu'un évêque, un moine, un templier, sont députés vers le comte. On s'empresse sur leur passage. Les cathares les contemplent d'un œil farouche, et ne peuvent retenir leurs murmures. Foulques s'entend traiter par quelques-uns d'entre eux d'évêque des démons. « Sans doute, » dit-il avec audace, « il est trop vrai que les Toulousains sont des démons, et que je suis leur évêque (9). »

Enfin, ils arrivent auprès du prince. « Que voulez-vous, « leur dit Roger, » et que nous apportez-vous ? Êtes-vous enfin las d'excommunier et de proscrire ? »

« Nous venons, » dit Foulques, « vous apporter la paix; nous venons faire tomber de vos mains des armes parricides, et vous préserver une dernière fois des malheurs destinés à ceux qui déchirent le sein de leur mère. J'adjure ici les mânes de plusieurs de vos aïeux qui sont ensevelis dans ce monastère. Puissent-ils secouer la poussière de leurs tombeaux pour vous arracher à votre perte! Raymond est aux abois; les barons et les évêques de France le tiennent assiégé, et ce ne sera plus désormais le fils de Montfort qui lui disputera sa dernière ville, c'est le roi des Français qui va être investi par le St.-Siège du soin de consommer la vengeance de l'Église (10).

« Pourquoi vous obstiner à défendre une cause désespérée? On sait que votre croyance est celle de l'Église, et que des considérations d'état vous ont seules conduit parmi ses ennemis. Eh bien! Écoutez aujourd'hui la raison d'état, et que ce soit, s'il le faut, la prudence humaine qui vous rende à l'Église. Renoncez à l'anathême;

et l'anathême s'éloignera de vous. Reve-
nez à votre mère, et elle ouvrira les bras
pour vous recevoir.

« Race de vipères, » dit le comte,
« le miel est sur vos lèvres, mais le poison
est dans votre pensée. J'ai eu la faiblesse
autrefois de me fier à vos discours ; j'ai
poussé la déférence jusqu'à me rendre à
Rome et solliciter d'un prêtre étranger le
maintien des droits que je tiens de Dieu
et de mes ancêtres. C'était toi-même, évêque artificieux et perfide, qui étais mon
accusateur. Crois-tu que j'aie oublié tes
paroles, suscitées par l'enfer, lorsque tu
voulais démontrer au pape que mes sujets
étaient hérétiques, par cela seul qu'on les
avait brûlés vivans à Monségur? Argu-
ment horrible et digne seulement d'un
tel avocat et d'un tel juge! Aujourd'hui ne
te flatte plus de me séduire; j'aime mieux
la haine des prélats que leur miséricorde,
et je veux mourir les armes à la main.
Si Raymond avait suivi plutôt mes conseils, il y a long-temps que vous seriez
dispersés, et que vos sifflemens ne se fe-
raient plus entendre. »

La rage se peignait sur les traits des trois députés. Foulques retint ses adjoints, et mordant ses lèvres avec un sourire amer : « Eh bien ! » dit-il au comte, « il ne me reste plus qu'un conseil à vous donner, c'est de marier promptement vos trois filles.

« Tout le monde sait, » dit le comte, « que je n'ai point de filles et que je n'en ai jamais eu. »

« Tu en as trois bien dangereuses, » reprit l'évêque, « ce sont, la superbe, l'avarice et l'impudicité. »

« S'il en est ainsi, » dit le comte sans s'émouvoir, « je donne ma superbe aux Templiers, mon avarice aux moines de Citeaux, et mon impudicité aux prélats de l'Église (11). »

Cette réponse dérida le front des barons et des chevaliers qui étaient avec le comte, et que l'audace de Foulques avait irrités jusqu'à la fureur.

« Vous voyez, seigneur évêque, » reprit le comte en souriant, « que je n'ai pas plus oublié que vous nos anciennes habitudes du gai savoir. Parlons avec franchise : votre projet est de connaître nos desseins et nos moyens; vous serez satisfaits. Je vous donne rendez-vous à Foix : on va vous y conduire, non comme prisonnier ou, ôtage, mais avec tous les égards dont vous avez rarement donné l'exemple envers les nôtres. Quant à moi, il faut que je parte à l'instant même pour Toulouse, et les règles de la prudence ne permettent pas que je vous y laisse arriver avant moi. »

Roger donna aussitôt ses ordres pour le départ des députés et la marche de l'armée.

Cependant les croisés réunissaient leurs bandes et construisaient des retranchemens autour de Montaudran, sous la direction de l'archidiacre Guillaume. Les prélats s'établirent au village. Près d'eux siégeait le terrible tribunal érigé par le St.-Siège et organisé par Foulques et Dominique. Faugères de Miramont, et Pons de St.-Gilles, de l'ordre des frères prêcheurs, exerçaient alors ce ministère de sang. On venait d'apprendre la prise du château de la Bessède, et l'on attendait l'arrivée de plusieurs victimes dévouées aux flammes.

Un évènement imprévu vint préparer ces malheureux villageois aux scènes d'horreur qui se méditaient. Au moment où les inquisiteurs commençaient leur repas, un bourgeois entre effaré, se jette à leurs pieds, dit qu'il a vu sortir de sa maison un cathare déguisé. « Quel motif a pu l'y amener ? » dit l'un des prêtres.

« Hélas ! , » répond le bourgeois, « ma mère est mourante, et je crains que le ministre albigeois n'ait cherché à l'exhorter dans ses derniers momens. »

« Allez, » dit Faugères, « tout sera éclairci. Les inquisiteurs quittent aussitôt la table, prennent des habits laïques et s'introduisent sans bruit chez la femme malade. Ils lui adressent leurs exhortations en termes vagues, et parviennent, sans beaucoup de peine, à lui faire avouer qu'elle est de la communion albigeoise. Ils se déclarent alors, et la menacent, si elle n'abjure son hérésie, de la livrer aux flammes temporelles avant celles de l'enfer. La femme résiste, et remercie le Seigneur de la soumettre à une épreuve qui lui fera échanger le supplice d'un moment contre une éternité bien heureuse. Les inquisiteurs sortent; sa sentence est prononcée; les agens de mort allument le bûcher hors du village, et y portent dans son lit cette malheureuse mère à qui un reste de forces permet de témoigner non sa résignation, mais sa joie.

Le fils, désespéré d'avoir causé son supplice par imprévoyance, se jette dans le bûcher et y périt avec elle.

Cependant, les deux frères prêcheurs s'étaient remis à table pour achever leur repas, en rendant grâces à Dieu et au bienheureux Dominique, d'avoir secondé leur zèle (12).

TABLE DES LIVRES.

FIN DU DEUXIÈME VOLUME.

NOTES

DU LIVRE NEUVIÈME.

(1) Cet acte, dit dom Vaissette, est cité par un historien moderne, qui a aussi prétendu que Raymond de St.-Gilles avait fait hommage à l'archevêque Guifred pour les comté et duché de Narbonne.

Les châteaux de Cabrières et de Fontès étaient des dépendances de ce duché, et Simon se les était aussi appropriés.

Hist. de Langued., t. 3, p. 272.

(2) Dom Vaissette nomme parmi ces prélats l'archevêque d'Embrun, et ne dit point ce qu'a-

vait alors à faire dans Narbonne un archevêque dont le diocèse était enclavé dans les Alpes.

Hist. de Langued., t. 3, p. 283.

(3) Ce bref ne fut expédié qu'en 1207, par le successeur d'Innocent, Honorius III.

Hist. de Langued., t. 3 p. 284.

(4) Prophéties d'Ézéchiel.

Chap. XXI, §. 28.

(5) Innocent ne se borna pas à vouloir que Philippe-Auguste reprît Ingelbonge, et délaissât Agnès de Méranie que ce prince adorait. Il prit tous les soins d'un pasteur pour lui enseigner les moyens de vaincre son amour et de surmonter les dégoûts que lui inspirait sa première femme ; il lui prescrivait une sorte de tarif pour l'accomplissement du devoir conjugal.

Voy. Hist. de Philippe-Auguste, par M. Capefigue.

(6) Boniface de Montferrat, mort en 1207, avait laissé pour successeur son fils Démétrius encore au berceau.

NOTES

DU LIVRE DIXIÈME,

(1) Ce chevalier s'appelait Guillaume de Bolie. Quelque temps après, Simon fit pendre la plupart des habitans de Bernis. Tel était alors le droit des gens.

Hist. de Langued., t. 3, p. 290.

(2) Les capitouls de Toulouse étaient au nombre de 16, et élus annuellement par l'universalité des citoyens. Trois actes insérés par Lafaille aux preuves de ses annales de Toulouse (t. 1. p. 53), prouvent : 1.° Que les Toulousains, même du temps des comtes, avaient droit de faire la guerre contre leurs voisins ; 2.° Que dans ces guerres, les troupes étaient commandées par les capitouls ; 3.°

Que, lorsqu'on venait à traiter de la paix, les
capitouls agissaient avec ou sans la participation
des comtes; 4.º Qu'il y avait des seigneurs qui
par une manière de vasselage s'obligeaient envers les capitouls de servir personnellement sous
eux avec un certain nombre de gendarmes; 5.ª
Que les capitouls prêtaient serment de fidélité au
comte, et le comte aux capitouls.

(3) L'historien dom Vaissette n'a rien dissimulé
touchant l'odieuse conduite de l'évêque de Toulouse en cette circonstance.

Hist. de Lang., t. 3, p. 293.

Le trait qui concerne Aimeric est raconté
par Catel. *Hist. des comtes de Toulouse*, p. 309.

(4) Suivant l'historien de Languedoc, Simon
était à cheval dans la barque qui chavira. Le
guerrier pesamment armé fut retiré du fond de
la rivière. Le cheval y demeura noyé.

Hist. de Langued., t. 3, p. 300.

(5) Guillaume de Puylaurent dit que dans les
dépendances de ce domaine de Verfeil, donné
par Montfort aux évêques de Toulouse, se trouvaient plus de vingt forts ou châteaux.

Catel, *Hist. des comtes de Tolose*, p. 313.

L'hérésie était depuis long-temps enracinée dans ce pays, où le célèbre St. Bernard avait prêché sans succès cinquante ans avant la croisade. Cet orateur sacré, qui ne perdait pas une occasion de montrer son esprit en jouant sur les mots, s'éloigna de Verfeil en s'écriant : Que Dieu dessèche cette verte feuille, *Viride folium desiccet Deus.*

> Guill. de Puylaurent, *Chron.*, c. 1.

(6) La baliste du moyen âge était appelée mangonneau.

> *Voy. Hist. de Langued.*, t. 3, p. 314.

(7) *Hist. de Langued.*, t. 3, p. 312. On voit que les prélats de cette époque et quelques-uns des seigneurs, tels que Montfort, Levis et Mauvezin, rivalisaient en fait de barbarie avec les routiers.

(8) Ce deuxième mari de la comtesse de Bigorre, dépossédé de sa femme par l'ambitieux Simon, était Hugues Sanche, fils du comte de Roussillon et de Cerdagne. Pétronille eut deux filles de Guy de Montfort, et prit après sa mort un quatrième mari, puis un cinquième.

> *Hist. de Langued.*, t. 3, p. 295.

(9) *Hist. de Langued.*, t. 3, p. 319. Courad ex-
communia nommément les habitans de Capes-
tang, Béziers, Puisserguier, Villeneuve, Cazouls,
Nizan, Florensac, Murviel, Corneillan, Thésan,
Sauvian, Sérignan, Cessenon, Olonzac, Peyriac
et autres lieux du diocèse de Narbonne et Béziers,
dont il mit les biens à la disposition de ceux de
Narbonne. Ceci fait voir que toutes ces places
avaient secoué le joug de Montfort.

NOTES

DU LIVRE DOUZIÈME.

(1) Suivant le calcul du troubadour, Cécile serait née au plus tard en 1205, deux ans seulement avant que le mari de Béatrix fût fait évêque de Toulouse.

Cette supposition pèche un peu contre la vrai-
semblance; mais il ne faut pas chercher des leçons de chronologie dans un roman. L'union de
Béatrix et de Foulques aurait ainsi duré au moins
20 ans, et daterait à-peu-près de l'année 1185.
Aliénor, beaucoup plus jeune que sa sœur, aurait
épousé Raimbaud douze ou treize ans plus tard.

(2) Ce phénomène a été décrit au livre VI ; j'aurais dû en indiquer la cause qui se trouve révélée par le jeu du siphon. Qu'on suppose en effet dans l'intérieur de la montagne un grand réservoir, au fond duquel s'ouvre une espèce de tuyau ou canal sinueux, creusé dans l'épaisseur des roches et ayant la forme d'un siphon, c'est-à-dire s'élevant d'abord à une certaine hauteur, puis se recourbant en une branche plus longue qui vient s'ouvrir au fond de la caverne. Aussitôt que les eaux amenées par les courants dans le réservoir en ont élevé le niveau plus haut que la courbure du Syphon naturel, sa branche supérieure étant remplie, ces eaux prennent leur écoulement par la branche inférieure, et continuent de s'écouler jusqu'à ce que le réservoir étant à-peu-près vide, l'air soit rentré dans le tuyau que l'eau recouvrait. Après cette évacuation, le réservoir commence de nouveau à se remplir, puis à se vider de la même manière, lorsqu'elles ont atteint la hauteur d'où elles peuvent redescendre par la voie de siphon.

*Voy. les Mém. d'*Astruc *sur l'Hist. nat.*
de Langued., pag. 264.

(3) Le comté de Paillas, pays enclavé dans la Catalogne et arrosé par la Noguerra dite Paillaresa,

(4) Aimar avait été sans doute plus heureux que le héros de la nouvelle Héloïse en visitant les hautes montagnes : on peut présumer qu'il s'y est trouvé avec sa Julie.

(5) Voici l'un des passages qui me semble mettre le mieux à découvert la supposition de cet écrit et trahir le secret de son véritable auteur. La description qu'on lit ici ne convient nullement au pic de St.-Barthélemy. Tout observateur qui aura parcouru les Pyrénées, y reconnaîtra sans peine une autre montagne située en Catalogne en avant de la chaîne, et bien autrement célèbre que celle de Tabe. C'est le Monserrat dont les rochers élancés et les ravins profonds entourent un riche monastère , et sont parsemés de treize hermitages. Les obélisques énormes, dont l'aggrégation forme cette singulière montagne, sont en effet composés de cette roche appelée par les minéralogistes poudingue et pséphite. Sa substance est un amas de cailloux roulés empâtés dans un ciment de grès rougeâtre. L'explication miraculeuse de cette agglomération de cailloux est en effet une des traditions conservées dans le monastère, et je l'ai entendue répéter par l'un des religieux.

(6) *Nulli posthac dubium fuit quin delectus*

esset a divino numine locus iste ad delenda per pœnitentiam crimina quantum libet atrocia.

Marca, *Hispanica*, l. 3, p. 338.

C'est par ces paroles que le prélat Marca termine sa narration de la vie du bienheureux Garin ; que l'auteur a plutôt traduite qu'imitée, à cela près qu'elle se rapporte au Monserrat et non aux pics d'Appi et de Tabe. Suivant les conjectures de Marca, l'époque de cet évènement coïncide avec le milieu du onzième siècle.

(7) On observe dans le récit des miracles de l'archevêque de Cologne Engelbert, mort en 1226, ce fait remarquable que les laïques ignorans croyaient leurs vœux plus efficaces, quand ils les faisaient en plein air, que sous un toit.

Fleury , *Hist. eccl.*, l. 79, année 1226.

(8) Cette image est bien autrement exprimée dans le tableau du sommeil d'Endymion, peint par Girodet; l'un des tableaux de l'école moderne où se fait le mieux sentir l'alliance de la poésie et de la peinture.

(9) Ce dénouement un peu brusque semble contraire aux règles de l'art. Peut-être le troubadour s'est-il conformé, sans le savoir, à ce proverbe arabe : Quand les choses vous embarrassent par le commencement, prenez-les par la fin.

NOTES

DU LIVRE TREIZIÈME.

(1) *Peccat a tan dossa sabor*
Per che Adam la pom trasit.
Gévaudan le vieux, *voy. gramm.* de Renouard, p. 301

(2) Village sur les bords de l'Ariège entre Foix et Tarascon.

(3) La phrase favorite des protestans d'Écosse était que pour replacer J.-C. sur son trône, il fallait auparavant en faire descendre le clergé.
Burnet, *Hist.* 1, pag. 156.

(4) Jean de Licarragne, pasteur de la Bastide de Clarens en Béarn, et auteur de la traduction basque du nouveau testament maintint la paix entre ses paroissiens divisés sur le dogme ; il les réunissait à des heures différentes, parlait latin aux catholiques, béarnais aux protestans. Dès qu'il avait prononcé *l'Ite missa est*, les réformés venaient à leur tour chanter : Lève le cœur, ouvre l'oreille.

Mém. de Thou, in-4°, t. 11, pag. 50.

Les Suisses ont conservé la mémoire d'un pasteur nommé Tschoudi, qui, disant la messe le matin aux catholiques et prêchant le soir aux protestans, se glorifiait d'être ainsi chrétien toute la journée.

Depping, *Tableau de la Suisse*, t. 1, p. 35.

(5) Ce passage du psalmiste est l'une des devises inscrites sur les murailles du palais de l'Inquisition en Espagne.

(6) *Inter Hierusalem et Babylonem est guerra continua.*   St. Bernard.

(7) *Sumus enim nutriti cum eis et habemus de nostris consanguineis inter ipsos et honestè vivere contemplamur.*

Guill. *de Pod. Laur.* c. 8.

Ce n'est pas un hérétique qui adresse ces paroles à un fanatique dans le récit de Guillaume
de Puylaurent; c'est le catholique Pons Adhémar
qui parle ainsi à l'évêque Foulques pour se jus-
tifier de n'avoir point partagé les fureurs de ce
prélat.

(8) *Qui resistit principi, Dei ordinationi resistit.*
St. Paul.

(9) *Quod Deus conjunxit, homo non separet.*
Évangile.

NOTES

DU LIVRE QUATORZIÈME.

———

(1) Le roi d'Aragon dénonça lui-même au pape
ce fait de la mort violente qu'on avait fait subir
au vicomte de Carcassonne.

Épîtres d'Innocent III, t. 15, ép. 212.

NOTES

DU LIVRE QUINZIÈME.

---

(1) Ce siége est imaginaire. Dans tout ce qui suit le dixième livre, l'ordre des temps se trouve interverti, et le troubadour a usé largement dans sa chronologie de la faculté accordée aux poètes *Quid libet audendi*.

Depuis la levée du siége mis devant Toulouse par Louis de France, en 1219, cette ville ne fut de nouveau assiégée qu'après un intervalle de huit ans, et le vieux Raymond était déjà mort depuis cinq ans.

Les détails du siége et des événemens subsé-
quens sont presque tous pris dans les chro-
niques du temps ; le troubadour en a fidèlement
conservé l'esprit, mais les a disposés arbitraire-
ment.

Amalric fut presque abandonné par les croisés
en 1225. Il se crut obligé de transiger avec les
comtes de Toulouse et de Foix, donna plusieurs
domaines qu'il ne pouvait conserver, et se retira
en France pour ne plus revenir. Ce fut alors que
le jeune Trencavel rentra à Carcassonne, et recouvra momentanément ses autres domaines, avec
le secours de Raymond VII, comte de Toulouse,
et de Roger Bernard, comte de Foix.

(2) Raymond épousa en premières noces Ermessinde, fille et héritière de Béatrix de Melgueil,
laquelle mourut en 1173, puis Béatrix de Béziers
qu'il répudia pour épouser Bourgogne, fille d'A-
mauri, roi de Chypre. Celle-ci fut aussi répudiée par
Raymond, quoiqu'il l'eût enlevée à Marseille. Sa
quatrième femme fut Jeanne d'Angleterre, sœur
du roi Richard, et sa cinquième, Éléonore, sœur
du roi d'Aragon, qu'il épousa lorsqu'elle n'était
point encore nubile. Ces cinq femmes ne lui
donnèrent que deux enfans ; mais il eut plusieurs
enfans naturels, entre autres Guillemette mariée

à Hugues d'Alfar, et un Bertrand qu'il recommanda par testament à son héritier Raymond VII ; celui-ci eut pour mère Jeanne d'Angleterre.

Histoire de Languedoc, t. 3, p. 325.

(3) Raymond le vieux, étant excommunié, fut un matin au devant de l'église de la Daurade pour prier Dieu, et bien qu'il fût indisposé, néanmoins il y retourna encore après dîner, étant si débile qu'il ne pouvait se relever sans aide.

Catel, *Hist. des comtes de Toulouse*, p. 317.

(4) Le mot trouveur est aujourd'hui en déchéance, et, ce qui est remarquable, les deux mots devenus français qui le remplacent, sont l'un et l'autre d'origine romane ou patoise. Ces mots sont troubadour et trouveire, où sont conservées les dénominations patoises de *troubadou* et *troubaire*.

(5) Il sera fait plus ample mention de Perdigon au livre XXIX.

(6) Ces compagnons du gai savoir ont précédé d'un siècle seulement les sept premiers mainteneurs des jeux floraux. On lit dans le programme que ceux-ci adressèrent en 1323, aux poètes de la langue d'Occitanie : « Nous sept qui avons succédé

9

au corps des poètes qui sont passés, nous avons à notre disposition un jardin merveilleux et beau où nous allons tous les dimanches lire des ouvrages nouveaux......... Ceux qui nous remettront leurs ouvrages seront favorablement accueillis, et l'auteur du meilleur poème recevra en signe d'honneur une violette d'or fin.

Hist. des jeux floraux, t. 1, p. 10.

Observez que, pendant ce terrible siècle, la verve des troubadours se trouva fortement comprimée par les procédés de l'inquisition pleinement organisée au concile de Toulouse en 1229.

Le Puy-Aimeri, où se rassemblaient les troubadours à l'époque de la croisade contre les Albigeois, e conservé son nom jusqu'à ce jour. On appelait en 1789 Guillemeri une maison de plaisance avec enclos, appartenant à M. le chevalier de Cambon, frère de l'évêque de Mirepoix, et oncle du premier président du parlement de Toulouse. Cet édifice a été depuis reconstruit et orn dans le goût moderne par le petit neveu du chevalier.

(7) On reconnaîtra facilement dans ce cantique une paraphrase ou imitation de la prophétie de Michée sur la mort d'Achab, au livre III des rois, ch. 22, v. 21. *Et ait dominus, quis decipiet regem ?*

M. Dacier, dans sa traduction de la poétique d'Aristote, a comparé ce passage de l'Écriture à celui de l'Iliade où Jupiter envoie un songe à Agamemnon pour le tromper. Ce religieux Aristarque prétend que, dans l'un et l'autre cas, la tromperie ne vient ni de Jupiter ni du Dieu des Juifs, mais seulement du songe et de l'esprit trompeur que la divinité a mis en mouvement, et il demeure persuadé qu'Homère a reconnu comme lui cette vérité, que Dieu se sert de la malice des créatures pour accomplir ses jugemens.

Poétique d'Aristote, au ch. 25, p. 360.

Cette interprétation dénuée de malice a été sans doute aussi conçue par le troubadour chantre de l'interdit.

(8) Foulques, dit le chapelain Guillaume de Puylaurent, n'était pas venu apporter aux Toulousains une mauvaise paix, mais un bon glaive. *Non pacem malam, sed gladium bonum.* Ce glaive fut, selon la pensée de cet écrivain, la confrérie des blancs, à qui il conféra le signe de la croix, et à qui il fit jurer d'êtres fidèles à l'Église. Les bayles de cette confrérie s'érigèrent en tribunal contre les usuriers, et attaquaient à main armée ceux qu'on qualifiait de ce nom. Ces vexations firent prendre les armes aux partisans du comte de Toulouse, qui étaient plus nombreux dans le

bourg de cette ville, et une autre confrérie fut instituée. L'une était vêtue de blanc, l'autre de noir; chacune avait ses étendards, ses chevaux, ses soldats, et elles se combattaient fréquemment dans les rues.

    Guillaume de Puylaurent, *Chron.* ch. 15.

(9) Guill. de Puylaurent, *ch.* 33, *et Hist. de Langued.*, t. 3, p. 314.

(10) Cet évènement est rapporté dans les annales de la ville de Toulouse par Lafaille; mais il est de l'année 1275.

        Voyez ces annales, t. 1, p. 6.

Marca, écrivain et archevêque du dix-septième siècle, dit, dans son histoire du Béarn, qu'on brûla de son temps plusieurs individus qui étaient les restes des Manichéens et Albigeois, et pratiquaient les mêmes abominations imputées à cette femme, dont-il nous a conservé le nom. Elle s'appelait Angèle. C'est une chose notable que, pendant cinq cents ans, le démon ait eu un commerce charnel avec des femmes de Toulouse. Et pourtant l'historien de ces faits, ce même Marca qui avait été archevêque de Toulouse, et mourut archevêque de Paris, était l'un des hommes les plus éclairés de son temps.

(11) Ce fut en 1211 que, par l'ordre de Foulques, le clergé sortit de la ville les pieds nuds avec le St-Sacrement, démarche qui fut très-sensible aux Toulousains.

Hist. de Langued., t. 3, p. 213.

(12) Quoi qu'ait pu dire le troubadour, cet incident et la sirvente de Gaucelin ne sont mentionnés dans aucun écrit de ce malheureux temps. Peut-être appartiennent-ils à un autre lieu et à un autre siècle, sans être néanmoins fort éloigné des mœurs de celui-ci.

NOTES

DU LIVRE SEIZIÈME.

(1) Ce concile se tint en 1225, trois ans après la mort de Raymond. Le fils de ce prince et Amalric de Montfort y plaidèrent eux-mêmes leur cause, et Raymond fut condamné comme il devait s'y attendre,

L'archevêché de Narbonne était alors vacant; les archevêques de Lyon, de Sens et de Rouen, s'y disputèrent si vivement la primauté, qu'on ne put les mettre d'accord; le concile prit alors la forme d'une assemblée particulière.

Histoire de Languedoc, t. 3, p. 348.

(2) Cette énumération appartient à l'armée qui vint au secours de Simon de Montfort en 1211.

Fleury, *Hist. ecclés.*, l. 77, ann. 1211.

(3) Arnaud mourut à Fonfroide le 29 septembre 1225.

Histoire de Languedoc, t. 3, p. 349.

Pierre d'Ameil ou d'Amiel, *Petrus Amelii*, fut son successeur ; celui-ci était chanoine et grand archidiacre de Narbonne, et camérier de l'église de Béziers.

Ce fut à ce prélat que le chapitre de Narbonne adressa, en 1241, une fort singulière remontrance où il était accusé de négliger les droits et les devoirs épiscopaux, de passer sa vie à cheval au détriment de son propre corps et à la honte de ses diocésains, d'excommunier les gens pour mettre à prix leur absolution, d'absoudre pareillement les hérétiques moyennant salaire, de recevoir les présens des juifs au préjudice des chrétiens, de s'approprier les fruits des diocèses vacans, de ne tenir aucun compte des anciens statuts, et d'imposer des charges nouvelles, soit aux clercs, soit aux églises de son diocèse, pour rendre sa table plus somptueuse, enfin d'affecter un langage hautain, insultant et quelquefois scandaleux ; *et alia quam plurima.*

Cette pièce curieuse est citée en entier dans les preuves de *l'Hist de Langued.*, t. 3, p. 306.

(4) Ce serment fut prononcé entre les mains du légat, par les trente-trois comtes qui accompagnèrent au siége de Toulouse Louis de France, fils de Philippe-Auguste.

Lesquals on jurat que entot le dit Tolosa no demorara home, ne fema, ne enfan, ne filla, que tot nou sia mettut a mort sans spragnar alcun, tan sia vieil ni jove. Ne en tota la dita villa no demorara peyra sobre peyra que tot nou sia demolit et deroquat.

Preuves de l'Hist. de Langued. t. 3, p. 258.

(5) Cette machine appelée en langue romane mostella, *mustela*, est décrite par l'historien cité ci-dessus dans son récit du siége de Beaucaire.

V. id. p. 73.

Il est aussi beaucoup question dans l'histoire de cette guerre d'une autre machine appelée chatte, *cata*, et en roman *gata*, qui était beaucoup plus volumineuse et servait principalement à lancer des pierres. Ces inventions ne différaient guères que par leur nom de celles mises en usage par les anciens; peut-être en étaient-elles des imitations grossières, bien que l'art de s'entretuer soit celui qui s'est le mieux conservé pendant les siècles de barbarie.

(6) Ce passage de l'historien roman du comte Raymond est remarquable : « Una granda ola de terra plena de podra et lo foc a mettut dins la dita ola.... » Un grand vase rempli de poudre et on a mis le feu dans ledit vase. Ce passage se rapporte évidemment au feu appelé grégeois, et fait voir que la matière de ce feu était pulvérulente. Cette poudre différait de la nôtre en ce qu'elle n'était pas explosive.

Voy. Prèuves de l'Hist. de Lang., t. 3, p. 78.

(7) Voyez le discours tenu par Valats, dans l'historien cité ci-dessus, pag. 91. Celui que notre auteur a conservé fut adressé à l'évêque de Nîmes par un nommé Folcand de Bressi ; sa naïveté est remarquable : Digas, segnor evesque, ont aves trobat, ni trobas que home sans confession quand mort sia salvat. *Id.* pag. 71.

L'indugence plénière et la rémission de tous les péchés, a été aussi accordée par le pape Clément XI à tous ceux qui mourraient en combattant pour l'extermination des protestans des Cevennes. Un pape prêchant et sanctifiant l'extermination, au commencement du dix-huitième siècle, doit nous paraître plus incurable qu'infaillible.

(8) Ceci est extrait de la chronique de Guill.

★

de Puylaurent, ch. 38. Le chroniqueur ne nomme point de charitable évêque, *qui tanquam imitator Dei, non mortem sed conversionem affectabat.*

(9) C'est pendant le siège de la Bessède, que Foulques fit cette réponse aux clameurs des hérétiques : *Auditis, inquiunt, quod vos appellant diabolorum episcopum ; utique respondit ille, et verum dicunt, ipsi enim sunt diaboli et ego sum episcopus ipsorum.*

Guill. de Pod. Laur., ch. 37.

(10) Amauri de Montfort fit, en 1224, une cession conditionnelle de tous ses droits sur le comté de Toulouse, au roi Louis VIII. La proposition en avait été faite auparavant et la cession ne fut pas consommée immédiatement.

Hist. de Langued., t. 3, p. 339.

(11) Cette anecdote est de la dernière année du douzième siècle ; le colloque eut lieu entre Foulques de Neuilly, et Richard roi d'Angleterre.

Voy. Fleury, Hist. ecclés., l. 75, §. 12.

(12) Ce récit fait par un dominicain (le père Percin), est extrait des archives du couvent de ces moines à Toulouse, il se termine ainsi : *Fratres vero venerunt ad refectorium et quæ erant parata*

comederunt , gratias agentes Deo et beato Do-
minico.

   Voy. Percin , *Monum. et mém. de l'Acad.*
    de Toulouse , t. 4, pag. 5o.

 St-Dominique était mort en 1221; l'inquisition
ne fut définitivement constituée qu'au concile de
Toulouse en 1229; mais elle était déjà pratiquée
même avant la croisade albigeoise ; on en voit
les premiers statuts dans les actes du concile de
Vérone, en 1184. Dominique perfectionna cette
ébauche et ses moines furent, dès leur origine,
dévoués aux fonctions du St-Office : c'est une dé-
rision que de prétendre l'en disculper comme
c'est aujourd'hui la mode. Lui et les siens en
faisaient gloire.

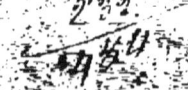